与草木谈心

董雪丹◎著

国文出版社
·北京·

图书在版编目（CIP）数据

与草木谈心 / 董雪丹著 . -- 北京 ：国文出版社，
2025． -- ISBN 978-7-5125-1821-6

Ⅰ．I267

中国国家版本馆 CIP 数据核字第 2024SX1468 号

与草木谈心

作　者	董雪丹
责任编辑	戴　婕
责任校对	丁　宁
出版发行	国文出版社
经　销	全国新华书店
印　刷	北京飞达印刷有限责任公司
开　本	710 毫米 ×1000 毫米　　　16 开
	12 印张　　　　　　　174 千字
版　次	2025 年 3 月第 1 版
	2025 年 3 月第 1 次印刷
书　号	ISBN 978-7-5125-1821-6
定　价	39.80 元

国文出版社

北京市朝阳区东土城路乙 9 号　　邮编：100013
总编室：（010）64270995　　　传真：（010）64270995
销售热线：（010）64271187
传真：（010）64271187-800
E-mail：icpc@95777.sina.net

总序：爱上阅读，学会写作

○凌翔

爱读书，读好书，养成阅读好习惯，这是近年来流行的好趋势。

阅读的好处毋庸置疑，既开阔了读者的眼界，也陶冶了读者的情操。阅读好书会使读者提高自己的能力素质，调整自己的心情，缓解生活中的压力，帮助读者在丰富知识的同时增强胆识和气度。所以，引导广大青少年学会阅读，爱上阅读，阅读好书，越来越成为专家学者们的一大重要任务。

散文是一种抒发作者真情实感、写作方式灵活多样的记叙类文学体裁。广义地说，散文是与小说、诗歌、戏剧并列，在小说、诗歌、戏剧以外的所有文学作品的统称。但在当代，散文又专指那些形散而神不散、意境深邃、语言优美的文章。所以，当代散文又有了一个形象的称呼：美文。

散文的门槛不高，可以说，只要会写作文的人，都能够写散文。所以，在我国，每天都会有数不清的散文作品诞生。不过，尽管散文作品的量很大，但真正的好散文、真正能够传世的散文作品并不多。可以说，我们常见的散文作品大多是平庸的。所以，为了能够在海量散文作品中发现优秀的作品，人们开展了多种多样的散文评选活动，其中名气较大的有冰心散文奖、朱自清散文奖、三毛散文奖、丰子恺散文奖等。当下最为权威的散文奖项当数冰心散文奖，被誉为中国散文界最为重要和专业的奖项。该奖项由中国散文学会组织，在著名作家冰心女士生前捐赠的稿费基础上设立，每两年评选一次，旨在评选出题材广泛、思想敏锐、能够深刻反映现实生活的优秀散文作品。正因为此，每届冰心散文奖获奖散文作品集都极受欢迎，成为散文写作者的范本，也成为老师推荐学生阅读的精品。为了给广大读者提供更多更精美的散文阅读范本，编者从已经举办的十届冰心散文奖数百名获奖作家中挑选出几十位散文家，请他们从自己所有的作品中挑选出最适合中学生阅读的文字精美、意境深远的作品，结集推出。

首先，大家知道，与小说相反，散文是写实的。散文作家在写作时，如同用照相机拍照一样，用他们的笔墨触及身边的人、事和风景；即使是历史散文，作者笔墨描绘的也都是真实的人和物。所以，真实是一篇好散文要满足的首要条件。其次，好的散文在"形"散的基础上，实则上是"神"的聚焦，是思想的聚焦、灵魂的聚焦。正所谓说东话西，全都是为了一个中心。第三，散文注重抒情，注重遣词造句的美与高雅，注重每个篇章、段落之间层次的递进、并列和呼应，所以，散文又是不拘一格的。正因为此，阅读散文作品时，要能够阅读出新词妙意，阅读出谋篇布局，阅读出作者的所思所想，阅读出作者字里行间散发出来的对生活的热爱和对美好人生的向往，以及对万事万物的兴趣和景仰。

千万别指望别人给你提炼出一二三四的写作方法，即使有人总结出了什么写作诀窍，也千万不要相信。写作从来都没有捷径，要想写出好文章，必须进行深入的阅读，并且阅读好的作品，在阅读的同时还要不断分析作品，把作品拆开来思考。只有读出了每篇作品的结构组成，读出了人物、事物刻画的方法，读出了语言运用的技巧，才会把优秀作品的营养吸收下来，从而转化为自己写作的智慧。

散文写作的门槛确实很低，但写作的台阶却很多、很高——我们每迈上一级台阶，都需要付出很多很多的汗水。让我们一起多读好文章吧，为自己写出好文章积累砖瓦，达到"对事物的观察十分细致，对人物的刻画九分入骨，对心灵的把握八分精准"的标准。

（凌翔，享受国务院特殊津贴专家，《解放军报》高级编辑，原解放军总政治部军区军兵种报刊副刊奖评委，全军军事百科知识命题专家组成员，2000 年被中国科协评为"成绩突出的国防科普编辑家"。主编的"冰心散文奖获奖者散文自选集"等系列图书受到广泛好评。）

序

董雪丹

对花草的喜欢，好像是与生俱来的。对花草的关注和记录，也有很多年了——这几年我的微信朋友圈，几乎就是花草的世界。这是我心灵的后花园。累了，就在花园里走走，与一朵相识或不相识的花儿、与一棵沉默或张扬的草儿说说话。

从前年春分开始，我开始了与花草的对话，在我心里称之为"花言草语"。至今，已经记录了50多种生长在我身边，生长在中原大地上的花：海棠、丁香、楸花、槐花、地黄、合欢、白茅、艾草、芦苇、紫藤、木槿、曼陀罗、杠板归、桂花、蓼花、枇杷、梅花、水仙、李花……从春到夏，自秋至冬，再到春风吹过，花草相伴的日子，充实又美好。

我也因此感觉很富有：在一个现实的生活世界之外，我还多出一个世界，认识了许许多多草木世界的朋友。我不是植物学家，不会从专业的角度去认知、去解读，只想和大家一起去倾听花的绽放、草的低语、叶的吟唱，一起去感受来自草木世界不断变换的美和身边无处不在的生长……在这里，更多的是与这些花草树木朋友们相见的欣喜和感悟。

在草木的世界里，可以暂时放空自己，消解现实世界里的忙碌和疲惫。我要感谢这些花儿，感谢这些草儿，感谢它们让我度过了静谧而幸福的时光，感谢它们让我的心变得纯净而轻松；感谢它们给予我丰盈的感觉和感悟，感谢它们让我在尘世的热闹里多了一份憧憬，感谢它们让我活出了自己却不孤独……

我知道，我看不到每一朵花、每一棵草的每一面，但可以肯定，我听得到它们与我相通的情感和语言，它们也可以感知到我来自心底深处的喜爱。

曾经有一段时间，明明有许多的情感就积聚在胸口，我就是吐不出来——

找不到一条通道，一直找不到。春风吹过大地的欢快和喜悦，听得到；风中芦苇的清寂与苍凉，看得到；各种花开的香气，闻得到；一个精神的出口，就是找不到。记得一场雪后，灰蒙蒙的冬天一下明朗了许多。自己精神世界的荒芜，也好像被覆盖起来，梅花的馨香就此氤氲开来。感觉那场大雪救了一个冬天，梅香为我的心打开了一个出口。积聚的情感，在雪的润泽和梅香的环绕中开始慢慢融化，不管多么微小，总算有点点滴滴的句子开始向外渗透。终于，在春天来临的时候，我可以和花草对话了。

一朵又一朵的花，一棵又一棵的草，不断地从我脑子里蹦出来。如果不写出来，它们就不停地在我眼前摇晃。写好了一朵花，就会有另一朵花及时地从我脑子里跳出来。花花草草在心里自然地流淌着。我只需记下它们的真实状态，留下它们的丰富情感。

用在意的眼光去关注时，不仅在意那些花草树木的外表，也开始在意它的灵魂、渊源以及相关的一切。那是一个重新寻找和发现的过程，常常带给我一种熟悉的陌生、发现的惊喜。原来自以为了解和熟悉的花花草草，还有那么多不为所知的另一面……

有朋友看我的花草，羡慕我有闲可以各处出行。其实，那些花草大多是在以家、以单位为圆点的两点一线之间看到的。工作累了，午间休息，走到单位院子里或者附近路旁转上一圈，随手拍上几朵小花、几株小草。每一个季节，都会冒出不同的花草，或是展现出不同的形态，只要留心，总有不同。上下班路上，只要脚步放缓，也会看到一个草木世界。恰恰因为与这花草经常相见，看得多了，看得熟了，看得有感情了，它们才从胸中之花变成了笔下之花。

记得有一回，一个朋友在我发了花草的图文之后留言："看你的微信朋友圈，才知道生活的美好。"其实，那一天我是在医院里，身处一个漫长的等待。只是，我的心不甘于沉溺在忐忑和嘈杂之中。那些花花朵朵之于我，是一种牵引、一种治愈、一种救赎。我想让焦虑与烦琐停留在过去的现实世界，让自己每一天的记忆留下的都是美好，让生活中的伤与痛都隐藏在花朵的笑脸之后。我更愿意再重新翻阅过去时，没有烦忧，没有愁怨，只有生命的美好和欢欣。每个人都有自己的不容易，每个人都会被生活中的诸多事务裹挟着。作为一个平凡的人，我也在工作中忙碌、家务中劳神，只是，我不愿让自己的心灵沉陷。我相信，心里有什么，眼里就有什么，身边就有什么。

一直觉得，花花草草是静静地等候着我的朋友，用不同的色彩和姿态等在那里，等着与我对话。等待，就有相遇或者错过。不管哪一种结果，它们都还在。甚至很多的花草从《诗经》时代一直等到现在，沉静沉默在最初的那一个点上，无悲无喜、无怨无悔。它们的等待，无始无终。人间没有永恒，它们有。花草是安静的，和花草在一起时，心也是安静的——心也只有静下来才能和花草对话。要不，花草是会发脾气的："你都静不下来，凭什么和我对话？"

虽然真正静下来不容易，但我还是有属于自己心灵世界的安静，静静地等候一朵花开，呆呆地看树叶在风中摆出不同的姿态，痴痴地看草儿发芽，傻傻地看芦花飘雪、柳枝飞舞……做这些，只是因为喜欢，打心眼儿里喜欢。也被家人调侃过："什么事没用，你就喜欢做什么！"这话说得无意，却无意到极好——有用的东西都有目的，都强调好处，想到这些，心已累了。不勉强自己为什么有用的目的而做，"喜欢"推动着自己，没用而又喜欢去做，心灵是多么自由，心里是多么自在。

一个周末，读美国"生态伦理之父"奥尔多·利奥波德的《闲暇时间》，读到这样一句："让人满足的嗜好必须在很大程度上是没用处、没效率、费时费力或落后于潮流的。"读时，就用铅笔画了这句。读后，心里还是放不下，又一个字一个字地敲到手机上，一点儿也不嫌麻烦。这种感觉，像遇到一个知己，目光相接，还没开口，对方已说出了自己想表达，也试图去表达过，却未表达出、表达尽的感受。他还说："嗜好是对所处时代的叛逆。是在社会进化的短暂涡流中，坚持那些与之逆向或为之忽视的永恒价值。"其实，我看花草、写花草，没想过"坚持"，也不想"叛逆"，也上升不到"永恒价值"，只是跟着自己的心在走，让自己的初心与草木的本心相遇，如此，而已。

说到"知己"，我还想说，我写过的很多花草背后，都站着一个人：她是花的知己，我也是花的知己，我俩又互为知己。许许多多本应午休的时光，我们一起去看许许多多的花草，寻找许许多多花草带给我们的快乐。哪一个季节都有花开，哪一个季节都有值得我们牺牲午休时间去看的花儿，哪一个季节有不同的花儿带给我们的相同的快乐。

在与知己一起捡拾大自然里的快乐时，常常想起葡萄牙诗人费尔南多·佩索阿的一首小诗：

你不快乐的每一天都不是你的：

你只是虚度了它。无论你怎么活

只要不快乐，你就没有生活过。

夕阳倒映在水塘，假如足以令你愉悦

那么爱情，美酒，或者欢笑

便也无足轻重。

幸福的人，是他从微小的事物中

汲取到快乐，每一天都不拒绝

自然的馈赠！

喜欢这首小诗，它说明白了自己说不明白的感觉。许多时候，我们明明做了许多事，却又好像什么都没做。回想时，只是一片空白。与自己心灵无关的东西，说了，做了，却仿佛总是不存在。看来，不能走心，往往都不是真正的快乐，做得再多，都是虚度。动人的那些，也许微小，只是一朵花、一片叶、一条常走的小路，一个黄昏来临的瞬间，一件你想了很久终于去做的事，却可以占据整个记忆。是的，要感谢自然的馈赠，自然最接近灵魂的本质、人的本心。很庆幸自己这么喜欢花草树木，可以快乐地与之相伴，可以让每一天都真正属于自己。

我很庆幸，在倾听了那么多的"花言草语"之后，还可以留下这么多的文字，当然，这不是我心中的全部。我想，重新积蓄一些力量之后，应该还可以更好地与花草们在文字中相遇。因为在我的"未完成"文件夹里，还有很多的花草在等着我，只是它们还没有来得及跳出来向我招手。我知道，是我在现实的忙碌里失去了足够的安静，暂时失去了把它们请出来的力量。但我知道，它们在，始终都在；我对它们的喜爱也在，始终都在。我还会不定时地写下去，为花、为草、为自己、为知己，为喜欢花草树木的朋友，为我们赖以生存的大自然。

2022 年 5 月

与草木谈心的人

牛春霞

　　自小爱花，便认得不少花草。幸得遇见雪丹，从此有人与我一同沉迷于花草世界。而她，比我更甚，不仅爱花，亦是一个时时与草木谈心的人。

　　寒来暑往，我们尽量抽出时间，像两个小孩子，流连于花园、树丛、草地，不时为新奇的发现欢呼雀跃，为草木凋零惆怅感慨，也会为人为破坏花草的行为气愤叹息。春天，明媚的海棠花、桃花、玉兰，各种花儿尽情盛放；夏天，木槿枝头花儿朵朵，池塘里睡莲娇艳，路边雪白的栀子花、树上硕大的广玉兰吐露芬芳；秋天绽放的菊花，金黄或火红的秋叶，点缀枝头的可爱的小果子都吸引着我们的目光；冬天冷香扑鼻的蜡梅、红梅、白梅，即使顶着寒风、踏着冰雪，我们也一定要赴这场花事之约。

　　每每，那满树繁华、漫天花雨的美景让我们痴痴仰望；那扑面而来，或张扬恣肆或似有若无的阵阵幽香让我们沉醉；那小小野花如满目星辰遍布大地的奇景让我们惊叹——每一个季节、每一种花儿，我们都爱。我们发现过大片的开着成串花儿的地黄，发现过几乎开成花海的婆婆纳、繁缕，也发现过盛放着大花的芍药……每一次发现，都让我们惊喜，都如同找到了一个宝藏。

　　"苔花如米小，也学牡丹开"，吟得出这样诗句的人，也必然是细心留意"小小的美好"的人。我们经常在路边，在台阶下，在许许多多毫不起眼的角落发现一朵朵小小的花，比如附地菜、斑种草，比如碎米荠、爵床等等。这些都是不仔细看都发现不了的小花儿，每发现一种或查到它们的名字，我们就兴高采烈——这些小小的快乐给我们的生活平添了许多明亮的色彩。

　　为了看清一朵小花的形态，倾听一棵小草的心声，雪丹往往或踮脚仰望，或弯腰凝视，甚至屈膝跪于地上良久，不顾衣裤沾上尘土，不顾曾做过手术的膝盖还会时时作痛，只为与花草们相互平视，以宇宙间生命个体平等的身份对话。

有人或许会疑惑：写下如此多的文字，会不会太辛苦？她说，看过的树木花草，会在她脑海中形成一个个果实。这些果实随着时间的推移，随着每一次与花儿们的邂逅，随着她阅读典籍资料，而慢慢长大，渐渐成熟，直至自然而然如瓜熟蒂落——每成熟一个，便成为一篇文章。我知道，这是爱与美的果实，也是思想的果实。

历经世间的风吹雨打，世事的变幻无常，四季风物的更迭交替，于草木葱茏中，于花香氤氲里，始终保有一颗孩童的心，去发现，去体会。因此，经年之后，这个与草木谈心的女子，眼神依旧明亮澄澈，内心依旧善良温暖，灵魂依旧自由高贵。

她对于笔下的花草树木，不是探究，不是索取，而只是基于喜爱的感知，足矣。于草木间的心意相通是最纯粹也是最真挚的情感。这些情谊播撒在我们的心里，也丝丝缕缕浸润在每一篇的花花草草里。

与草木谈心，不经意间洞悉了植物世界许多瑰奇与奥秘，冥冥中接受了造物最珍贵的馈赠。愿真诚如你，透过这本书，透过她每一篇关于花草的文，也能体会。

目录

目录

婆婆纳：又老又小的精灵

　　婆婆纳，这小草的名字有点显老，开出的花儿却是小可爱。它从沉睡的冬季中首先醒来，是先知先觉的小精灵。立春前后，已有零零星星的小花绽放。

　　只是，花儿太小了，即便它铆足了劲绽放出自己的色彩，大声地吆喝"春天来了"，也很难让许多和它擦肩而过的人正视一眼。这感觉，又像对身边的世界想唤醒却怕惊扰。

　　当然，对那些肯低下头来关注小草小花的人而言，会深深地理解"春到人间草木知"。曾在化开后的冰层下，看到婆婆纳怯怯地露出一点幽幽的蓝。那

画面，就是雪化了，春来了，花开了，就是冰雪消融，花开依旧。

在中原大地，常见的婆婆纳有两种，开蓝花的阿拉伯婆婆纳，也叫波斯婆婆纳，亲切的昵称是"阿婆"，原产于亚洲西部。开淡粉或浅粉紫花的婆婆纳，是地道的中国美人，植株和花朵都更娇小含蓄，花朵也如害羞的色彩，让人怜惜。这两种小花，蓝的纯粹，粉的可人。粉紫色的，比蓝色的小花更小。对这小花而言，小蜗牛都是需要仰视的巨无霸。

在单位院子里和路旁，我看到更多的是开蓝花的阿拉伯婆婆纳。这草铺散多分枝，从一团一团的叶子下面伸出一条条长长的花柄，顶端开出四瓣的小花。早上，花儿总是迷迷糊糊地微合，阳光下会张扬地打开自己。花朵虽然小，却精致而美丽：花心洁白，蓝色花瓣上有深蓝色条纹，两枚白胖胖的雄蕊伸出花朵之外，顶端是更深的蓝紫甚至近乎黑色的花药，像顶着含情相对的两只眼睛。只要不长在田里碍事，不被当成害草，"阿婆"也是小可爱，充分地展现着小花小草之美。

婆婆纳这一植物名称，从明朝至今没有发生变化，说它"味甜"，救饥时可"采苗叶炸熟，水浸淘净，油盐调食"；也被收录在16世纪初期的《野菜谱》，书中用名是破破衲，这样描述："破破衲，腊月便生，正、二月采，熟食。三月老不堪用。"还有一首三字谣："破破衲，不堪补。寒且饥，聊作脯。饱暖时，不忘汝。"曾在一片长满婆婆纳的路旁，见有老人拿着塑料袋拔取这"不忘汝"，应该是怀旧，想重温一下往日的味道吧。婆婆纳叶子形状和香菜叶子有些相似，只是颜色要深得多。有些地方把香菜叫芫荽，所以也就把婆婆纳称为野芫荽。芫荽能吃，野芫荽也能吃。这种巧合，也很有趣。

至于它的名字为何叫婆婆纳，又是怎么由破破衲演变成婆婆纳的，有很多种联想和猜测：破破衲是因为它叶边的裂纹像破旧的衣服吗？破破的衲要婆婆用针线来纳？是它开花最盛时像是婆婆纳的鞋底一样小而密？哪一种都像，哪一种都牵强，哪一种也都不重要。

且看花开吧，看小花疯狂地开到铺天盖地，开成触手可及的蓝色星河。联想到它的名字，便觉婆婆纳的小花儿真的可以开成老婆婆的话语，琐碎而绵密。

一路走过去，身旁像有个说起来没完没了的老婆婆，到处都是她的话；婆婆纳也是啰啰嗦嗦、没完没了，到处都是她的花儿。只有那些不怕唠叨的小蜜蜂，飞向一朵又一朵婆婆纳，耐心地听着它的每一句话。

喜欢大片的婆婆纳在阳光下热热闹闹、密密匝匝地开花，也喜欢一棵即使生长在石缝中也努力开出花儿的婆婆纳——不管生长在哪里，它们同样感知到阳光的召唤。我想借用英国诗人王尔德的诗句，说出对这又老又小的精灵的深爱："我却深幸我曾爱你——想想那让一株婆婆纳变蓝的所有阳光。"

大地沐春风，深爱紫地丁

　　紫花地丁，植株娇小，没开花时就是很难引人注目的野草；待到花儿绽放，立刻魅力四射。在我心里，这小花儿绝不亚于那些满树怒放的花儿，是春天开放的小野花里特别让我期待的一种。

　　单位附近有一小片紫花地丁，在每一年的乍暖还寒时候，不管有没有人欣赏，都默默地生长、开放。今年雨水节气刚过，我就惊喜地看到了第一朵紫花地丁。这朵花虽然微小，但相比于自己稀疏的几片小叶，还是有着一种近乎夸张的夺目。要不了多久，紫花地丁就会一棵又一棵地冒出来，每一棵都会开出几朵小花，一朵朵、一簇簇连成一片紫烟，就会升腾出一种让人惊叹的美。

　　紫花地丁一出地面就分出好几片叶子，叶间抽出花葶，顶端悬挂着紫色的五瓣小花，花瓣上有清晰的脉络，还有微小的色彩深浅变化。从第一次相见，我就被这小小的花朵吸引，以至于每一次与它相遇，总是不由自主地停下脚步。每年等候它的花开，都像等候一个美丽的约会。每年春天里的相见都仿佛又重新认识一次，对它充满好奇和探究。

　　紫花地丁的"紫"，十分醒目，这种紫色有一个美丽的名字，叫"堇色"。也有人说"堇色"是紫罗兰花的颜色，但我更愿意相信紫花地丁的"紫"才是最正宗的"堇色"。因为紫花地丁最有名的别称就是"堇菜"。《诗经》里有句"堇荼如饴"，其中的"堇"就是紫花地丁。紫花地丁属于堇菜科堇菜属。"堇"也不单指这一种草，还常用来统称所有的堇类植物。虽说紫色常常让人联想到神秘、浪漫和淡淡的哀愁，但在紫花地丁的花朵上，我只看到了春天的明媚和朴素的诗意。

　　看到紫花地丁，总会不由自主地想起自己的"堇色"年华。很多年前，我还不知道这种颜色叫"堇色"，只知道喜欢。不，甚至可以说是迷恋。那时还在上大学，有一次遇到一条有着紫花地丁花朵颜色的丝巾，立即爱不释手。还记得那条丝巾对一个学生来说过于昂贵，拿起又放下，放下又拿起，最终还是放不下，在同寝室几个姐妹的帮助下才买下来。姐妹们挥舞着丝巾笑闹，一个接一个地披上丝巾拍照。这样的镜头一直在我记忆深处珍藏着，如同我一直珍藏着这条丝巾，珍藏着那段美好的青春岁月。

春天里这抹明亮的紫色，古人也喜欢。"大地沐春风，摘菜紫地丁。唯缘爱碧影，枕草到天明"，是日本万叶时期诗人山部赤人笔下的紫花地丁。从他笔下"摘菜"二字，可以看出紫花地丁是可以吃的。"堇荼如饴"，也在说这种野菜吃起来很甜美。《救荒本草》中称其为"堇堇菜"，说它："一名箭头草，生田野中。苗初塌地，生叶似铍，箭头样……叶味甘。"看来，古人认为紫花地丁是可以作为野菜食用的。不过，现代科学证明它含有毒素，所以还是要友

情提示一下：它是全株可以入药的药用植物，不建议自己采摘当作蔬菜食用，以免辨识不清误食或者食用过量引起不适。

我一直不知道紫花地丁的味道，也不想知道。因为太喜欢它的小花，每次相遇都怦然心动，又怎么舍得去吃？在不缺食物的今天，不想把它变成一种菜，更喜欢它安静地开出自己的小花儿，安静地享受本就属于它的春天。

野豌豆：翘然飘摇的"薇"

翘摇，看到这两个字，就想到一片片柔婉的叶子在纤细的藤蔓之上翘然飘摇。翘摇，是野豌豆的另一个名字，形容草儿的形态，既美又精准。此名来自《本草纲目》："又有野豌豆，粒小不堪，惟苗可茹，名翘摇……翘摇，言其茎叶柔婉，有翘然飘摇之状，故名。"

名字再美，也是野草，一旦在哪里扎根，很快就蔓延成一片，春风一吹，走到哪儿都能看到它。野豌豆从根部长出数根长长的茎，羽状复叶前端缠有柔软的卷须，可以缠绕其他植物上。茎与叶看起来柔柔弱弱的，却是柔中有韧，顽强生长。

惊蛰节气刚过，在单位院子里随意走走，就看到野豌豆在春日的暖阳下开出了第一朵欢喜的紫红色小花，很明媚、很夺目。要不了多久，朵朵小花就会像星星点亮夜空一样点亮一片草丛，也会像一只只小蝴蝶在绿叶间翘首。如果把花朵放大，会分不清究竟是蝴蝶变成了花儿，还是花儿变成了蝴蝶。

妈妈住的小区院子里，到处都是这种野草。我一直喜欢它叶的柔，也喜欢它花的媚。初夏，它的花朵变成了小小的豆荚，当时只有两岁的小侄女兴奋地喊："豆角，豆角！"那一刻，我才意识到对它是如此熟悉，又如此陌生：虽然喜欢，却连它的名字都不知道。于是，开始真正用心地去认识它，知道了它叫野豌豆——怪不得结豌豆荚似的果实呢，只是冠了一个"野"字，野生野长，看起来比豌豆荚瘦小苗条多了。它还有别名大巢菜，更多的名字中都带个"豆"：救荒野豌豆、马豆草、野绿豆、野菜豆等等。

今年雨水节气时，已经九岁的小侄女喂小兔子吃草。草儿看起来嫩生生、水灵灵的，是妈妈在小区院里采来的野豌豆苗——反正这草不种而生，摘之无穷。我对小侄女说："这种草我们也可以吃。"她一脸的疑惑，就像没经历过

饥荒的人无法体会救荒野豌豆这个名字的真正含义。妈妈接着我的话说："是哩，可以裹上面，蒸着吃。"

我也采摘过野豌豆的嫩茎叶，焯水，凉拌，入口有青草味。野豌豆的果实就是缩小版的豌豆。《救荒本草》说："采角煮食；或收取豆煮食；或磨面，制造、食用与家豆同。"豆荚，我还没尝过，据说味道很清新，比毛豆要鲜嫩些。需要提醒的是，野豌豆在花期是有毒的，采食需谨慎。

这么常见的野菜，还有一个极美丽的名字——薇。

薇，名气很大，负载着一种古老的文化记忆，从《诗经》里翘然飘摇至今。

《诗经·采薇》，从"薇亦作止"到"薇亦柔止"，再到"薇亦刚止"，也就是从薇绽出嫩芽，到芽叶长大，叶片变得肥嫩，再到叶茎变得粗硬。从鲜嫩到老去，从草儿的生长过程，可以看到时光的流逝，看到生命的消长，从而可以想象戍卒思归之情的迫切。

《诗经·草虫》"陟彼南山，言采其薇；未见君子，我心伤悲。"登上高高的南山，随手却无心地采摘着春天里新生的薇，虽然手中的动作没有停止，但却心不在焉。春天里，随着草儿一起生长的，还有诗人心中深重的思念。将自己的柔情赋予在这种柔软的草儿之上，无心的植物也有了情感，有了忧伤。

不止如此，"采薇"还被文人视为归隐的象征。伯夷、叔齐是商末孤竹君的儿子。孤竹君想让叔齐继承自己的王位，而叔齐欲让位于长兄伯夷。伯夷不肯违逆父命，于是兄弟俩一起归隐于山野之间，采薇而食。辛弃疾的"谁知孤竹夷齐子，正向空山赋采薇"，就是在说西山采薇的典故；王绩的"相顾无相识，长歌怀采薇"，也在追怀古代的隐士。李唐创作的《采薇图》中，伯夷、叔齐二人相对而坐，中间有一竹篮，里面放的应该就是薇。每每看到，总是看了又看，盼着看清篮中之薇，却总是看不真切。

看不清画中之薇，就看身边的野豌豆。每一次相遇，感觉空气中都飘摇着一种动人的诗意。

李花怒放一树白

单位院子里有两棵树，一棵是李树，另一棵还是李树。两棵李树相隔不过三四米，却总是一棵花开，一棵含苞；一棵花落，一棵花繁。

七八年前一个仲春的午后，我在单位院子里看雨后的花草，突然看到了一棵李树沧桑的枝干上吐出了清新的白色小花苞，在浓艳的春天里独拥一份澄澈。当时还很奇怪，相邻的两棵树，同样的枝丫，一棵挂满春天，一棵却还停留在冬季。现在想来，大概是因为一棵长在园地边缘，多得几分阳光的温柔抚摸；一棵长在众树之中，少了些阳光的偏爱。

接下来的每一年，从绿意开始萌动，便觉得有一种情绪被季节唤醒。那是一种等待，等待沧桑老树的一场盛放，等待"李花怒放一树白"。还有一种害怕错过的担心，怕它突然老去，老在那一季的春风里。从"天晴不愁不烂漫，后花开时先已老"这句诗中可以看出，李花是会突然老去的，越是烂漫，老得越是迅捷。

李花顾名思义就是李树开的花，五瓣的小花很是素雅清新：花瓣洁白，白色或浅绿色的花蕊又细又长，顶端有黄色的花粉，一朵朵李花簇拥在一起，花朵虽小却繁密成堆。从宋人"李花不减梅花白，闲与梅花争几回"的诗句中可见李花浅白的清雅，是可以与梅花相媲美的。甚至，在韩愈的笔下，李花"风揉雨练雪羞比"，在春风的抚揉、春雨的洗练下，李花的洁白超过雪花之洁白。夜晚的李花也依然是明亮的，可以在夜色中大放异彩。"君知此处花何似"？韩愈写李花，更是在写自己，写自己如李花一样"清寒莹骨"的肝胆和魂魄。

特别偏爱开在树干上的李花，那画面特别让人心动：纤柔与坚硬、明亮与暗淡、精致与朴拙、新生与沧桑、热闹与孤单……自然而然地纠缠在一起，完美地糅合在一起。

一个黄昏，雪白的李花映着已经有些昏暗的天空。仰望李树的花枝时，并不明白当时为什么被打动。简单，却丰富，应该是这种感觉。底色那么简单甚至有些灰暗，花朵却又在枝干上活出丰富的形与态。尼采说，每一个不曾起舞的日子，都是对生命的辜负。活得简单，却不辜负！李花做到了。

每一朵李花，都各自静默，安守着一个枝丫。开时就开，落时就落，占尽大美，却是一言不发。它们不读《道德经》，却最懂老子，懂得什么是道法自然，什么是随心而发。跌落，亦是一种自然。面对跌落，没有心惊，也没有心疼——李花落后，还有李子。

说来很有意思，我每年都可以看到这两棵李树开花，也可以看到它们开花的同时开始长叶，却从没看到它的果子。可能是我只顾看花，想不起来看果；也可能是不等我看到，果子就被摘光了。去年，我很刻意地等待李花落尽李子生，想知道从小到大，从青转红，从苦涩到甘甜，距离究竟有多远。一天，一天，

又一天，数过一个夏天，青涩终于化作红颜。我也终于摘下两个果实——很甜。

今年春分已过，单位院子里的李花又到了告别的时候。花开时，没有张扬的身姿；萎落时，也没有沉重的叹息。开过了，香过了，经过了，已是无憾。想到酸酸甜甜的李子在季节的前方等着我，就觉得有一种幸福油然而生。这种求诸自己的、沉醉自然的、持续而平和的快乐，是不是也像李花的开落一样自然？

紫荆花开满条红

　　紫荆一直不是我偏爱的花，一开始，甚至说不上喜欢：也许是因为花苞初生时颜色暗淡，也许是因为花朵过于密集，颜色过于鲜艳——好像都是，又好像都不是。

　　在树干上发现那一簇簇离群索居的花朵时，才真正用心地去看紫荆。看得多了，慢慢喜欢起来，也渐渐懂得：再暗淡的花，也有绽放的光彩；再密集的花束，也是一朵一朵的积聚；再鲜艳的花朵，在庞大的花朵群体里，也只是一个细小而微末的存在；不论哪一种花，都有着独属于自己的色彩，都会发出自

己特有的声音。

我说的紫荆，不是中国香港的市花洋紫荆。洋紫荆又名红花羊蹄甲，花朵硕大，颜色紫红，花瓣五出，广州、广西、海南等地都很常见。

我说的是真正原产于中国、中原地区常见的紫荆树，花色也是有深有浅的紫红，花朵很小，数朵成团，一团一团地"或生于木身之上，或附根上枝下"，因其先花后叶，花开繁盛时，就有了满条红的美称。花朵初萌时，像一粒粒紫色的珍珠缀在枝干上，这应该是它又名紫珠的原因吧。春天生出花苞之前，掉光叶子的枝上大多光秃秃的，偶尔会挂着几个干枯的豆角样的荚果，又名裸枝树，倒也名副其实。

中原的春天，随处可见紫荆的那抹紫红，有的长到高大壮硕，有的独处，有的丛生。它们的存在，让单位、小区、公园、路旁多出几分繁花似锦、红红火火的感觉。古人也喜欢在庭院里种植紫荆，元朝诗人张雨有诗句："黄土筑墙茅盖屋，门前一树紫荆花。"紫荆还被赋予了浓浓的亲情，象征兄弟和睦，杜甫在《得舍弟消息》中有句"风吹紫荆树，色与春庭暮。"诗人在暮春时分，看到紫荆树，想到兄弟分离，发出不能返回故园与亲人团聚的感叹，以及对兄弟深深的想念。

紫荆因"其木似黄荆而色紫"得名，每一朵小花都是两个花瓣向上微微弯曲，像蝴蝶展翅欲飞。那些在春风里冒出来的花朵，细细密密、挨挨挤挤、团团簇簇地紧紧依偎在紫荆的树干和枝枝杈杈上，发散出甜甜的香味。满树皆花的紫荆正如李时珍的描绘："高树柔条，其花甚繁。"

紫荆主干上花束较多，幼嫩的枝条越是向上，花朵越少。花儿盛开时，枝顶生出的嫩绿色心形叶片，就越发显得娇柔柔、嫩生生的。一天天过去，颜色一点点加深，叶子一点点变大，有的甚至会长到比巴掌还大，叶片很厚实，表面很光滑，质地很柔韧。

紫荆有一个和它的叶子有关的很朴实的名字——馍叶树。陕西的秦岭山区和甘肃的一些地区，都把紫荆树叶叫馍馍叶。当地在蒸馒头时，用紫荆的叶子代替笼布：把叶片洗干净后，一个馒头下放一片树叶，蒸出的馒头底部有叶子的纹理，还有淡淡的清香。据说，树叶可以清洗后反复使用，还可以串起来晾干，想什么时候用什么时候用。我还没有试过，现在还不到清明节气，紫荆枝顶的叶子太小太嫩；等它再长大些，我也想试试这神奇的天然笼布。

对紫荆的叶子最初是没有印象的，更多的记忆停留在春天的满树繁花。还记得有一年夏天，看到枝叶婆娑、果荚密集的紫荆时，竟一时没有认出。如今想来，当时还是不熟悉它——真正的熟识应该是面对一个背影，都看得清、想得出对方的表情和样子。站在这个春天里，怀着对馍馍叶的期待，我脑子里不只有紫荆花开满条红，还有叶生后的满树青翠。

枸杞芽，枸杞花

说起《红楼梦》里的美食，总是最先想起让刘姥姥惊叹的茄鲞。给我的感觉就是最简单的食物贾府要用最复杂的方法去烹制，一直不记得这道菜的做法，但记得刘姥姥的感叹："我的佛祖，倒得十来只鸡为配它，怪道这个味儿。"与这道菜相反的有一道菜，让我记忆深刻，就是第六十一回中贾探春和薛宝钗"偶然商议了要吃个油盐炒枸杞芽儿来"。

枸杞芽就是枸杞的嫩芽叶，也叫枸杞头，加油盐清炒，是极清香的。对平日吃腻了山珍海味的两位小姐而言，这做法极其简单的清炒枸杞芽，的确是清新爽口的美食。她们"现打发个姐儿拿着五百钱"给了管厨房的柳嫂子。柳嫂子笑说："二位姑娘就是大肚子弥勒佛，也吃不了五百钱的去。这三二十个钱的事，还预备得起。"由此看来，枸杞芽在当时也不是什么名贵的菜蔬。

枸杞芽也就是寻常人家厨房里常见的野菜。初春雨后嫩生生的芽叶，大火一煸或开水焯后凉拌，都很美味。现在人们日常食用和药用的枸杞子多为宁夏枸杞的果实。身处中原，我见到的枸杞，都是野生的多分枝灌木，枝条俯垂，随处可见。对我而言，枸杞是不需刻意寻找的，单位和小区院子里、路旁、墙角处处可见。只需走近它们，掐掉枝条顶端的嫩芽，体验采摘的幸福——享受这个过程和享受舌尖上的美味一样值得期待。

枸杞早在《诗经》时代就有了："陟彼北山，言采其杞。"这里的"杞"就是枸杞。《本草纲目》中记载了它名字的由来："枸、杞，二树名。此物棘如枸之刺，茎如杞之条，故兼名之。"它还有很多别名：地骨子、羊奶子、天精子、地仙子、枣杞、贡果等等。

从名字就可以看出来，枸杞是宝贝，全身都是宝贝。我们经常见到它的果、叶、根入药，或是制酒、泡茶、煲汤。《本草纲目》载："春采枸杞叶，名天精草；夏采花，名长生草；秋采子，名枸杞子；冬采根，名地骨皮。"天精草，应该是占尽天地精华了；长生草，长生不老是多少人的梦想啊。仅从枸杞叶与花的命名就可见，在李时珍眼里，枸杞也是神草、仙草级的宝贝。

苏东坡对枸杞的评价是："根茎与花实，收拾无弃物。"他在《后杞菊赋》中说："吾方以杞为粮，以菊为糗。春食苗，夏食叶，秋食花实而冬食根，庶几乎西河南阳之寿。"以杞、菊为主要食物，可能带有文学的夸张，但颇有谐趣。只要有面对困难时的洒脱与豁达，有一颗超然物外的心，以杞菊充饥，照样能够长寿！

除了春天的枸杞芽是美味，在我眼里枸杞更多的是用来欣赏的。特别喜欢它紫色的五瓣小花，纤柔的花瓣围着几根洁白的花蕊，看起来小小巧巧、清清秀秀、安安静静的。它开起花来，一茬又一茬，从夏至秋都常见。记得有一次霜降节气还见到这清雅可人的小花儿，当时还替它担心：此时开花儿，还来得

及修成正果吗？

　　枸杞开花后结的长圆形小浆果，即枸杞子，初为绿色，慢慢变红，常在一个枝条上同时看到花与果，也常看到小果子红红绿绿、挨挨挤挤地在一起。特别喜欢一种感觉：上次见还是紫色的小花，再见已红成一颗朱砂。

　　单位一棵高大的香樟树旁有一株枸杞，每次园中绿化树被修剪得整整齐齐，枸杞也会失去部分的枝叶和花朵——因为它就躲在绿化树的枝叶间。不开花、不结果时，总是很难想起，也很难找到它。但我知道，虽历经劫数，它始终都在。每次看到它在异类的夹缝中开出花儿来，都觉得那是它明亮而调皮的微笑。

结香花：梦中的微笑

结香，从知道它名字的那一刻，就被这俩字打动。

结，怎么突然就想起"心似双丝网，中有千千结"呢？打结花，打结树，缘于此意吗？

香，花儿是真香，幽幽一缕香，飘在哪一段旧梦中呢？

结香花，又叫梦花，哪个名字都令人心动。你看，它的花蕾低垂，还真似在梦中。

结香的花语和象征意义是：喜结连枝。是因为它的另一名字"喜花"吗？

"很多恋爱中的人们相信，若要得到长久的甜蜜爱情和幸福，只要在结香

的枝上打两个同向的结，这个愿望就能实现。"这一段，是一位园丁的话。

还有一个说法：如果晚上做了梦，清早去在结香的枝条上打个结，好梦可以实现，噩梦可以化解。

人们相信，只是愿意去相信。花语其实还是人语，是人们想用花来表达自己的语言、感情和愿望。赋予花儿语言和意义，只是人类自己的需要。

还是不要为了自己的需要去打结吧。哪怕结香的枝条软软的、有韧性，哪怕打结缠绕不会折断它的枝条，还是让它自然地、自由地生长吧。不要为了把自己的幸福打结、存留，却让结香扭曲着、委屈着，失去了自己本来的样子。

还记得几年前恰逢结香的盛放，是初春的一个晴日，在周口公园。未看到花时，已闻到了香。循着香气的指引，我看到了一大片灌木，枝头上顶着明晃晃的花儿。阳光下，感觉梦想都开了花儿，香气也醒着。

花在枝条的顶端，一朵朵小小的明黄色的花儿簇拥成一个个花球，毛茸茸的，挂在枝头，似一个个小婴儿梦中绽放的微笑，可爱极了。结香先开花，后长叶。褐色的枝条没有叶子的覆盖，在娇艳花朵的对比下，感觉很沧桑。尤其是那几枝弯弯绕绕地打着结的枝条，虽然扭曲着，却也超越疼痛努力地在向上生长；那一个个结也长成枝的一部分，开出一簇簇明艳的花朵。

前段时间再遇结香花，它最鲜艳、最浓烈的花期已经过去了。无论是香气，还是色彩，反倒都柔和了很多。时间，总会改变很多。花朵，每个时段都各有各的美好。

什么都不必再说，就做一场美美的梦吧——哪怕，花儿终会落尽，只要，还有梦。结香花，也是梦花——梦中，会绽放出一朵又一朵的微笑。

海棠解语

海棠，只是花名，就够美，充满仙气。

她竟还有一个更美的名字：解语花。

解语，她理解你的语言。她的姿态就是在倾听，她懂你。

于是，她会走进你心里。许多人听不懂的话，她都可以意会，她都懂。她就是植物里的小仙子。

你可以不认得她，只是经过，忽视或注视，将她的名字笼统地叫作"会开花的树"。但我相信，在她的花季，只要相遇，你一定会被她倾听的姿态、明媚的欢颜、可人的温存打动，于是你会想揣度、探究，直到问出她的名字。

之所以这么说，是因为昨天有几个朋友发照片问我这是什么花，我的回答都是：海棠。

海棠会解语，解语是海棠。可以解语的，却又不只有海棠，还有许许多多的花草树木。它们都在说话，用心，你会听得懂。当然，它们也懂你。但海棠之所以叫解语花，一定有她不一样的令人心动的地方。

你看，唐明皇将沉睡的杨贵妃比作海棠，说她善解人意，像一朵会说话的花。

李清照一句"知否？知

否？应是绿肥红瘦"，在千年之后，依然让人记得"海棠依旧"。

《红楼梦》的大观园里有"海棠诗社"，有咏白海棠的诗，相信很多人都记得林黛玉的那一句"偷来梨蕊三分白，借得梅花一缕魂"。

宝玉生日，怡红院夜宴，众人聚在一起占花名儿。湘云抽的签一面画着一枝海棠，题着"香梦沉酣"四字，一面诗是：只恐夜深花睡去。

"只恐夜深花睡去，故烧高烛照红妆"，东坡居士一定也是爱极了海棠，才写下这千古传颂的诗句。

川端康成曾经在凌晨四点醒来，发现海棠花未眠，觉得它美极了，盛放时含有一种哀伤的美，于是感叹自然的美是无限的，人感受到的美却是有限的。

我没有在深夜看过海棠。我看到她时，都是在她醒来的时刻，我可以感觉到她温热的呼吸。风过，随着花瓣飘飞，可以听到她的喃喃细语，似在诉说昨夜的梦。走近西府海棠，可以闻到清新的香气——花朵密集时，感觉香气还很分明。每当此时，总是想起张爱玲的"人生三恨"，第一恨就是"海棠无香"，也总是很有疑问：她那么爱海棠，为什么没有闻到过海棠的香气呢？

曾在一个午后，和一爱花女子一起，坐在一棵盛开的海棠树下。她穿着和粉嫩的海棠花同色系的衣衫，说着海棠花是最有少女心的花儿。

虽说许多时候我更喜欢"简"，但面对海棠花的"繁"，还是不能不心动。满树繁花，依然艳而不俗，真的无愧是"花中神仙"。

花树下，时有清风吹过，花瓣落在身上、发上。一朵一朵地看过去，感觉每一朵花都在对着我笑，笑得少女般天真烂漫。

我们可以说话，也可以不说话，只是静静地坐在那里，就十分美好。还要再说什么？一切都已了然。

樱花，每一次相遇都只如初见

仿佛一夜之间，就樱花如雪了。

上班时偶遇，当时天色有些灰暗，没有蓝天当作底色的樱花，似乎少了些颜色。这种感觉，就像今年的春季想起武大的樱花。

网上看武大的樱花，依然静美。那份静，很容易让人想起往年的热闹。虽然有几次想去武大看樱花都怯于人群的熙熙攘攘，今年这意外的静美却又让人落泪。

当樱花在泪眼中一点点从模糊变回清晰，又一次清晰地看到樱花的生机盎然。每一个花朵都在诠释着生命、幸福和希望。这是樱花的花语，也是人类愿意赋予它的花语。

说起樱花，总是会想到它是日本的国花。鲁迅先生曾经描写："东京也无

非这样，上野的樱花烂漫的时节，望去确也像绯红的轻云……"

其实，两千多年前樱花已在中国栽培，唐朝时已普遍出现在私家庭院。当时万国来朝，日本朝拜者将樱花带回了东瀛……白居易也曾写下有关樱花的诗句："小园新种红樱树，闲绕花行便当游。"

鲁迅和白居易笔下的樱花，都是红色。而我一向偏爱绿色的花朵。查了查，樱花有绿色的，只是比较少见。可以想象，在平日常见的粉、红、白之中，这嫩绿是多么高贵和清新。

突然就想起一个人，感觉他绚烂的生命就像近代文坛一朵新绿的樱花。"芒鞋破钵无人识，踏过樱花第几桥"，这是他的诗句。他就是曾三次剃度为僧，又三次还俗的苏曼殊。不管他的《本事诗》十首是不是为其所钟爱的日本歌伎所写，但从他的"无端狂笑无端哭，纵有欢肠已似冰"，可以体会他徘徊在红尘和空门之间的悲欢冷暖、狂啸低吟。踏过樱花第几桥！樱花绚烂，却又短暂如梦，"情僧"和"诗僧"的浪漫人生，也短暂如梦。苏曼殊只在人间度过了35个春秋，便在贫病中辞世。他的诗作，却一直如樱花灿烂。

有一种花开，就有一种花败。开也匆匆，落也匆匆，像人世所有的繁华。

在人类的世界，这是一种悲欢；在植物的世界，只是一种自然。

世间所有的生命，都是天地间的过客，只是停留的时间不同而已。

没有什么花儿会常开。有过多少次交错，才有此时的相遇？

我相信，与一树花儿此时此地此景的相遇，一生只此一次。

已不为赏花而来，只为一次相遇。每一朵花儿，都是一个精灵，都应有一次绽放，邂逅一个知己。

没有什么生命会常在。不奢求永生，也不遥望来世，一次会心的相遇，一次生命的飞扬，此生足矣。

春天的花，一天一个样子。每一次相遇，都只如初见。属于樱花的季节很快就将成为过去，那就把它的盛开和飘零一并收集起来。

樱花树下，很容易想起唐朝诗人写过的这种感觉：昨日看花花灼灼，今朝看花花欲落。不如尽此花下欢，莫待春风总吹却……

丁香，不忧伤

这个春天里第一次走近丁香花树时，它们正藏在小园深处，任初绽的清香含蓄地氤氲，一种把最珍爱的情愫藏于心底，任回忆漫溯的感觉。

仔细看，丁香花朵细小如钉。树下驻足，被它的香气包裹浸透。让人打心眼里感叹，丁香，这名字实在是太美妙、太贴切了。

阳光下的丁香，让人丝毫感觉不到它的忧伤。看望丁香的人，也很容易让自己变成一个幸福的人——传说中，谁能找到五瓣丁香，谁就能找到幸福。虽然当时丁香花开得还很少，但我还是在看到花开的同时就轻轻松松地找到几朵五瓣丁香。我把它拍下来，想让圈里的朋友们一起看到，一起幸福……

丁香的花朵基本都是四个瓣的，五个花瓣的丁香很少见，所以人们称五瓣丁香象征着永恒的幸福。几年前，我还写过一篇小文《幸福是一朵五瓣丁香》。文中写到的两个与我一起看丁香花的朋友，我们三个有一个小微信群，群名就是"丁香榭"，感觉除了现实生活，还有一个地方，始终弥漫着诗句和丁香的芳香。

体验着丁香带来的幸福，也有疑问：为什么自古以来丁香花常常用来形容人的愁思郁结、离愁别恨？

是因为丁香的花期短吗？仅仅几天的工夫，这些淡雅的小花就会随风飘落，零落成泥。

想来，所有的原因都是人为赋予的。从外观上揣测，应该是丁香花未开时，其花序呈圆锥状，恰如心形，纤小柔弱的花蕾密布枝头，错乱纠结在一起，恰似人的愁心打满了丝结，因而被称为"丁香结"。如果把一朵丁香花比作一个结，那么满树的丁香花就是"一树百枝千万结"，所以才有了那么多"结着愁怨"的句子吧。

李璟的"青鸟不传云外信，丁香空结雨中愁"；李商隐的"芭蕉不展丁香结，同向春风各自愁"；冯延巳的"霜树尽空枝，肠断丁香结"……都写尽相思愁肠，把哀怨痛决表达得百转千回。

　　美，这些诗句是真美。只是，心境不同吧，我和朋友不是行走在雨巷里的惆怅女子，我们眼中的丁香花也没有被诗词浸染的忧伤。

　　再一次和朋友一起走进丁香花的世界，是在刚刚下过一场小雨之后。

　　不过两星期不见，丁香花已然盛开，开到肆意和张扬，一副不管不顾的样子。

　　虽然丁香的单朵花看上去很不显眼，但无数小花却能形成一团团、一簇簇、一片片，盛开在嫩生生的心形叶片间，开出一份热情洋溢。感觉每一个花朵都在笑，笑到没心没肺。没心没肺是不是一种明澈、纯净？天知道。

　　在香气的萦绕里，我们一次次与五瓣丁香相遇。没有刻意地寻找，只是自然地相见。当然，也不是一定要相信一种传说，只是愿意给自己更多小小的快

乐——每一次与五瓣丁香的相遇，都是一个小惊喜。

一会儿朋友发现一朵五瓣丁香让我看，一会儿我发现一朵让她看。仔细看时，会发现五瓣丁香并不是那么罕见，甚至还有六个瓣、七个瓣的丁香花。想来也正常吧——人有特立独行的人，花也应该有个性张扬的花：大自然总有它神奇的造化。

雨后的花瓣上，存留着很多的小水滴。朋友将水滴接在掌心，轻嗅，感叹："真香，真香啊！"我也学着她的样子，掬一捧香气入手，嗅出幸福的味道。

幸福本来很简单，这应该就是幸福的样子。

只要有幸福的能力，你眼中的丁香就不忧伤。

幸福是一朵五瓣丁香

"谁找到五瓣的丁香花，谁就找到了自己的幸福。"同行的朋友说。

花开得还不多，那些缀满枝条的一簇簇的花苞，在枝叶间，一点儿也不起眼。已是丁香环绕，我还没有意识到，河堤上这些不起眼的、曾经无视地匆匆走过的花树，就是我们此行寻访的丁香。

朋友浪漫的提议，让我知道，丁香就在眼前。

丁香的花朵实在太小了，长度大概只有一厘米；那花瓣儿更是精巧、细柔。

"丁香不就是五个瓣吗？"我问，指着面前枝上一朵小小的、紫色的、刚刚绽开的花儿。它身旁，都是绵密而纤细的花骨朵。

"丁香属于十字花科，都是四个瓣……"朋友边说边走了过来，还念叨着："你真有福气。第一眼看到的第一朵丁香花，竟然就是五个瓣的。"

"你真有福。"这是朋友们常常对我说的一句话。

总体来说，我是一个感性有余、理性不足的人。常常忽略让人烦心的事儿，一花一草一只蚂蚁一只蝴蝶一句精彩的话，都会带给我快乐，并把快乐无限放大，让自己傻呵呵地乐。和亲密的朋友们通起电话来，常常先是一阵唧唧咯咯没来由的笑，以至于她们总爱说我没心没肺，或是调侃：天上又掉馅饼砸着你了？！

其实，每一个人都会有自己成长的烦恼。或者说，所谓的成长，就是经历苦难的过程——只不过，苦难不同罢了：有的来源于物质生活的困窘，有的来源于劳其筋骨的磨砺，还有一些来源于心灵……

我一直相信福祸相倚——这世界，不会有一直的幸福与幸运，也不会有永生的不幸和厄运。

每当我拥有诸多别人眼中的幸运，我便对这幸运充满警惕，提醒自己更认真地对待生活和工作中的每一件事，更用心地善待身边的每一个人。

因为我相信，生活中的高与低、喜与忧，是相伴相生的。走到高点，意味着向下；走到低点，意味着上升。喜悦来了，忧伤自会相随；忧伤的尽头，自有喜悦守候。

在所谓的幸运来时，不让自己的心飘浮得太高，才会避免跌落得太深。自己的心用最快的速度从幸运带来的诸多热烈里，回归到原有的平静，在我看来，也是一种惜福。

丁香就在眼前，才知道在摄影作品和画作中看到的，都是微小的放大、局部的美丽。

丁香，总是在诗里见到，歌里听到，它的每一个花朵，似乎都弥漫着忧伤，浸染着幽怨。

此时，感觉丁香不仅可以代表忧郁，更可以是快乐和幸福。哪怕，它也会

花谢花飞，也会零落成泥，但它还有馨香如故，还有明年的春天。

不一会儿，朋友也找到了五瓣的丁香花，又过了一会儿，还看到一朵七瓣的。

她问："是不是找到七瓣丁香的人会有更大的幸福？看见的人也一样？"

不由在心里赞赏她，那么善意、体贴，那么细腻、温婉。幸福，会萦绕着她。她让陪着她一起看到七瓣丁香的人，幸福着她的幸福。

我在一种巨大的幸福中回答她："会的，会有三生三世的幸福。"

去寻找了，才发现，五个瓣的丁香花很多，只要有寻找的心情，只要去寻找，总会找得到。

当然，四瓣丁香更普遍，也更本真。就如生活，更多的应该是平淡无奇、平静如水，平常如四个瓣的丁香花。

幸福就是在纷纭的四瓣丁香中寻找五瓣丁香的过程，是第一眼与之相遇时的惊喜。

下午工作有点忙，回家有些晚。乍暖还寒的晚风，让我到家时还有些瑟缩。爱人已经把饭菜端到桌上，我捧起米粥，喝上几口，温暖开始弥漫。

和他说起中午寻访丁香的经历，并笑："今天你做这顿饭，让我感觉像找到五个瓣的丁香花一样幸福。呵呵，你应该就是我第一眼看到的那朵五瓣丁香，只不过，没有丁香花漂亮。"

爱人憨憨地笑："形容男人，还用漂亮？没它漂亮，我比它胖。"

现在，我把看到五瓣丁香的幸福放大成一篇文字，灰色的情绪来临时，可以打开此时的幸福。或者，在以后的垂暮之年，感受到属于年轻时的幸福和馨香。

附地菜：君若低头，满地繁星

低下头，才会发现这散落一地的小小星星。

附地菜的小花是真小，微小到要以毫米来计，小得很容易被忽视如尘。

花如米小，这米，还不是大米，应是小米。

而一旦注意到这小小的花朵，便会被它的精致吸引，目光再难移开。花朵的形状很可爱，分明就是小时候不会画画，偏又要画时用几个圆圈画成的小花。

附地菜的小花朵看起来蓝莹莹的，五片小小的蓝色花瓣围绕着一个更微小的淡黄色的圆，从边缘向中心逐渐颜色变淡、发白，还有淡黄的小花芯。那么淡雅，那么精巧，那么恰到好处，只有造物主的神来之笔才能造就。

这么微小的花，色彩却这么丰富，像极了那些其貌不扬、内心丰盈的女子。即便它低到尘埃，依然光芒附体。

记得有一次在一棵梅花树下发现几棵附地菜，当时就对高高在上的梅和匍匐在地的附地菜有些感慨：一个在诗书画里被人书写吟咏、挂在心头，一个在田间地头几乎不被人识、不为人知；一个花开耀眼、清香四溢，一个花儿微小到总是被忽略……却在此时，同时被发现、被喜欢，没有什么高下之分，没有什么贵贱之别。

很多小花都是这样，你不俯视它，而是平视或者仰视的时候，会发现它别有韵味。让自己低下来，再低下来，低到比一株小草还要低，才可以清楚地看到一朵小花的内心，完整地看到它的盛放。

因为它太小了，小到我用手机去拍它，费了好大的劲儿。因为膝部受过伤，下蹲感觉有些小困难时，干脆跪下来。对着一棵小草、一朵小花下跪，倒也觉得是一种自然中的自然。站起来，拍拍衣上的草屑和尘土，总是很满足、很惬意。

附地菜，又叫鸡肠草、地胡椒、雀扑拉，哪一个名字都很土，但我就是喜欢它。特别喜欢它的花语："君若低头，满地繁星。"

地黄：不只悦目，还懂疾苦

最初见它，在药名中。后来见它，相见不相识。

名字与花儿合二为一时，有初识的惊喜——暗红紫色的毛茸茸的小花朵开在杂草丛中，像一个个小喇叭以微弱之力在向全世界呼喊。当时就想，这样小小的草儿，竟然还懂得人间疾苦。懂得，就是爱吧。不，应该比爱更难得。

地黄因其地下块根为黄白色而得名，但我对它的第一印象却是：没有绿叶映衬时，它还真如土地般的黄。哪怕是在刚刚含苞待放时，地黄都暗淡得在黄土地上常常让人忽略它。但当它的花朵完全打开自己，内里的黄紫色越来越张扬，就会显得明亮起来。

第一次见到大片大片的地黄，是在党校院子里。那一年在党校学习一个月，在校园里看到了太多太多的花，印象最深的就是大片的地黄。记得结业典礼之后，没有急着离开，而是再一次走进我的乐园——那个花草树木的世界，再一次去看望那些陪我走过一个春天的朋友们。

前几天在沙颍河岸边，又见好多好多的地黄，在阳光下自由地舞蹈，一串串的花朵随风起起伏伏，舞出一片欢欣。由衷地羡慕它们，我也喜欢阳光，可又害怕阳光，因为我有日光性皮炎，容易被阳光所伤。真想做一棵地黄，可以毫无顾忌地在阳光下伸展。

经过雨水洗礼的地黄，会给人另一种洗去暗淡的惊艳：暗紫红在雨水的浸润下变得清亮起来，花瓣透着淡淡的接近白色的粉或黄。偶有几个大水滴在花朵上悬挂，风一动就会滑落的样子。更有趣的是花朵下部极其细微的小绒毛上，挂着更细微的小水滴，让整个花朵都显得那么有光。去除暗淡之后的地黄花，让人很容易就看到它的芯，花瓣包裹着的黄色的花蕊。将地黄的花从花萼中拽下来，吸吮，甜甜的。

"愿饷内热子，一洗胸中尘"，这是东坡之语，他说把地黄的制品赠送给那些患有内热的病人，可以洗涤去除胸肺的疾患。苏轼晚年学习医道，应该不只是在借地黄抒情写意。

曾去山海关老龙头景区，归来之后，有一朵小花儿一直绽放在我的心里。那朵小花就是地黄，生在一段清朝时建的夯土炮台边，长在土墙与石头地面之间的缝隙里。想象中，这朵地黄花前世应该看到过炮台旁的那些将士吧？或者说，将士们看到过这些给他们带来慰藉和疗愈的花朵吧？为此，我曾写下一篇小文《花儿开在老龙头》，感叹生命之奇妙："只要有土，不论多么贫瘠、艰难，种子都可以落地生根。它以微弱之力，擎起一道美丽的风景，不只是风景，还以己之力疗人之病。《本草纲目》称其'填骨髓，长肌肉，生精血……'感觉这功效，不仅仅是对人的身体。"

清明之日桐始华

"清明之日桐始华",桐花是清明的征兆、标志,是清明的节气之花。

又至清明,桐花开得正好。八一路桥东南侧有几棵桐树,每次经过,都会在树下停留、仰望。

对桐花最初的记忆停留在初三,记得那年春天教室窗外、家里窗外,都有桐花在开。好像也就是从那时起,对桐花有了一种情结。

没有桐花的春天,是不值得过的,这话有些夸张;没有桐花的春天,总是少了些什么,这话一点也不夸张。

"桐花万里丹山路",特别喜欢这句,喜欢诗中桐花漫山遍野的气势,喜欢读诗时脑子里闪现出的美丽图景和寓意……

2009年,拜谒焦裕禄陵园之后,我对桐花又多出一种感情,曾写下小文《焦桐下,我拣起一朵桐花》。十几年过去了,每到桐花盛开的季节我都会发现,那些寄放在花朵里的感动和崇敬,没有随着时光淡去,而是一次次升腾,一次比一次更清晰、更分明。

焦桐下，我拣起一朵桐花

这棵树真是高大，我只能仰视它。

这是一棵普通的桐树，和其他的桐树一样，开着普通的淡紫色的花儿。

树叶在风中舞动，花香在风中弥漫。

我小心翼翼地拣起一朵桐花，一股清香，扑鼻而来。脑海中浮现出诗句"只留清气满乾坤"，我便将这发散"清气"的花朵虔诚地放在笔记本中。

一朵花，会因为一种清香而让人记得、让人迷恋；

一棵树，会因为一个人赋予的姓氏而不再普通，让人尊敬；

一个地方，也会因为一个人的名字而让人向往，让无数人朝着它走来。

他是一个让人景仰、让人难忘的人。

他的姓氏和桐树联结在一起，成就了一棵令人仰视的参天大树：焦桐。

他的名字和兰考联结在一起，铸就了一种精神：焦裕禄精神。

焦裕禄走了，可他的精神，却像兰考的桐树一样，枝繁叶茂，郁郁葱葱，遍地生长。

拜谒焦裕禄烈士陵园时，桐花正烂漫地开着。纪念碑的整个碑体立于两手捧托着的、以桐花为主的巨型花环之上。

无论是生前，还是身后，他就是这样和桐树有着不解之缘。

我在纪念馆里寻找着他生前的足迹。

1962年的冬天，焦裕禄来到兰考，面对的是遍地的沙丘、盐碱地和涝洼地。他带着肝癌的疼痛，治风沙、治内涝、治盐碱。他说过的话还掷地有声："我们要学习泡桐百折不挠、奋力向上的崇高品格，在严重的灾害面前，不低头，不弯腰……""泡桐是兰考一宝，很有发展前途，很值得研究。……要想研究好，就要使思想感情在群众中扎根。"

他就是在群众中扎根的一棵泡桐。要不，他做不到为了收集治理"三害"的土办法，与一个老饲养员打通铺畅谈整整三天；要不，他做不到为了攻克一个技术难关，每天工作到深夜，在一条长凳上裹着棉大衣躺上二十多天；要不，他不会骑着自行车，走到哪里调查研究到哪里，不会和农民一样用手指蘸着土放到嘴里来尝盐碱的浓重，寻访探求治理办法……

死后，埋在兰考的沙丘上，看着兰考人民把沙丘治理好，这是他最后的愿望。于是，他化作兰考大地上的一棵泡桐。

不知他能不能想到，当年为治理风沙种下的泡桐，在几十年后，不但治理了风沙，还让兰考绿树成荫，成为全国著名的"泡桐之乡"。为了增加收入，兰考人还用泡桐做家具、做乐器。

在纪念馆里，我看到了用桐木制成的古琴、古筝。心中不由感慨，这就是

焦桐下，我拣起一朵桐花

桐树，在阻挡风沙的使命结束之后，又以清越的声音传世。

突然想起"焦桐"代指琴，泛指好琴，东汉的蔡邕曾用烧焦的桐木造琴，后称琴为"焦桐"。

焦裕禄亲手植下的那棵桐树，就叫"焦桐"。这种巧合，令我怦然心动。

从陵园走向焦桐，路的两边都是桐树，树上开满淡紫色的花朵。淡淡的紫色已经随着季节的推移慢慢褪去，而花朵依然在枝头灿烂着、明媚着，忠实地履行着"为夏接风，为春饯行"的职责。

我从来没有想过，用"灿烂""明媚"这样的词汇可以形容如此普通的树开出的如此普通的花朵。而此时此刻，这两个词用在这里，我又觉得是如此的贴切。哪怕，此时已是春意阑珊，这些花朵，依然明媚在我的心里。

站在焦桐下，遥望远处片片桐花，感觉兰考大地上的每一棵泡桐，都是"焦桐"。

站在焦桐下，细听风吹树叶的声音，仿佛是焦桐的琴音在轻扬，我在琴音里细品四散的花香。

归来，想起在焦桐下拣起的桐花，翻开笔记本，久久凝视。清香，再一次悄然袭来。这香，应该是桐花的语言。

每一种花儿，都会有自己的语言。打开电脑，在网上浏览查找桐花的花语，一句话刻在我心里："不为自己求享乐，但愿众生皆离苦。"

正是楸花烂漫时

　　花开满枝,才惊觉这些每天必经的树,原来都是会开花的,而且开得这么美。

　　家住七一路,路的两旁种满了楸树,曾经一年又一年,似乎每一年看到它的绽放都觉突然,每一年都省略了等待花开的过程。

　　是因为花开无语?虽然楸树的花朵层层叠叠、密密匝匝,却一点也没有喧嚣的意味,总是静静地开,又静静地落,无声又无息。

　　是因为高高在上?楸树的个头真高呀,挺拔而俊秀,似乎与路两旁的楼房在比高,粉嫩的花朵在绿叶间一层又一层地随着枝叶开阔伸展。在一棵高大的

楸树旁驻足仰望，感觉从七八层的窗口望出去，才可以平视或俯视满树的花朵。古籍说到它的高："楸，美木也，茎干乔耸凌云，高华可爱。"韩愈也曾诗赞"看吐高花万万层。"

高的，只能远远观望。近的，可以细细看到它的花形若钟，花冠浅粉紫色，甚至看到内里紫红色斑点——是落花。

记得第一次开始关注开花的楸树，是几年前的一夜风雨之后，看到楸树的花儿除了零落在地，还有不少掉在绿化带里的冬青上。乍看，像花朵又重新绽放一次，不由感叹：落花竟然可以在冬青上重生，花儿还真会找归宿。顺着花落的地方抬头仰望，看繁花满枝，随风摇曳，才知道身边的风景总是因为太近而被忽略，因为太过熟视而至无睹。有多少人像我一样，落花打在头上才知道有花儿的存在呢。

这之后，对楸树的关注就多了些，有花时关注，无花时也关注。翻阅资料，发现楸树"材"貌双全，自古素有"木王"之美称，综合利用价值很高呢。因其树冠茂密，能净化空气，还有较强的消声、抗尘、吸毒能力；因其根系发达，对防治水土流失、阻滞风蚀、固定沙丘、保护农田也可以起到很好的作用。

除却这些实实在在的作用，这些长在我身旁的树带给我更多的是美的享受。

关注得多了，发现它有花时很美，无花时也很美。曾记下这样的感受：它高擎着粉紫色花朵的日子感觉还在眼前，叶片却已所剩无几了——每一片在阳光下发亮的叶子，仿佛都变成了盛放在蓝天的花朵。

也曾拍下落雪的楸树枝，感觉它是夜晚的诗意。因此想到：一片自然风景就是一种心情。

单位曾经在七一路上，楼前有几棵楸树。后来单位搬走，楸树依然年年花开花落。每每经过空楼，感觉楸树花朵和叶片的明亮，愈发映着楼的空。那空空的楼上，曾经承载着多少实实在在的日子，安放了多少人的青春和岁月啊。今年楸树挂满花骨朵的时候，空楼开始拆除，不变的是楸树依然花满枝丫，笑在春风里。

很多时候，我会因路两旁的楸树将匆匆的脚步放缓。尤其人间四月天，进入楸树的开花季，每个晚上都尽可能地出去走走，只是不想错过这最美的日子。

　　特别喜欢在挨挨挤挤的楸树花里找月亮，就像月儿在和我藏猫猫，不一定在哪一个花枝的空隙间看到月儿，感觉特别惊喜，特别美——月美，花也美，花中的月美，月下的花更美。像小孩子爱上一个游戏，就没完没了，这游戏我玩得乐此不疲。因为我傻傻地驻足仰望，常常引得路过的人看看我，再顺着我的目光向上望——愿每一个人都看到，楸花正烂漫。

会飞的蒲公英

对只有叶、没开花时的蒲公英，我总是很少注意。直到它锯齿状的叶子中长出一个个花葶，花葶顶着一个个花苞或一朵朵小花，才开始关注。也总是不知那些花朵历经了怎样的成长，才成熟到在我眼前一夜白了头，而我也总是后知后觉地直到一个个雪白的绒球出现，好像才看到蒲公英真正的存在。

记忆中的它总是安静而又安分的，不管是举着常见的黄色的小花朵，还是团着雪花般的绒毛。可是，平静注定不长久，它没有翅膀，却要飞翔……飞翔，是它的志向吗？会飞的蒲公英，又会飞向何方？是飞翔，还是流浪？是快乐，还是忧伤？她注定被风吹散，在哪儿累了，就在哪儿停下。如果把风中的飞翔当作身不由己的流浪和漂泊，那就只能空余无奈的感伤。

说到风，突然想起《逍遥游》里的"故九万里，则风斯在下矣"。你看，大鹏也在凭借风力而高飞。虽说真正的逍遥是无所凭借和依赖，才能不受任何束缚地遨游于世间，可这种与自然化而为一的生命状态，又有多少人、多少物可以做到？

知其无可奈何而安之若命，也是一种大自在吧？就像蒲公英的每一粒种子，都把一个雪白的毛茸茸的"小伞"当作翅膀，风一吹，一个个优美的小精灵，在空中轻盈地飞舞。它们风起而行，风静而止，无论落在多么偏僻、荒凉的地方，都无怨地把自己安放在那里，扎根，生长，绽放，要不了多久，又会长出一片新的灿烂。

翻看手机相册，发现不知不觉中拍下了好多蒲公英的靓影。在想写它的那一刻，突然意识到：从使用微信开始就沿用一个头像，画面里竟也有飞翔的蒲公英——已经不记得当时选用这张图片的心情，也不记得它从哪里来。感觉它也像一粒种子，不知是哪一阵风把它带给我，然后就一直无声无息地生长在我的生活里。

　　好像很少有一种草能够获得那么多人、那么多种方式的关注和喜爱。几千年来，蒲公英一直是人们喜食的一种野菜，吃法自是多种多样。近些年，它的根和叶更是被制成各式各样的茶饮，有很多人把它当成清热解毒、消炎泻火的救兵。除去食用、药用价值，它明亮的小花、会飘飞的种子——无论是一朵，还是一片——都那么迷人。

　　更迷人的是，蒲公英可以带给人无限遐想、多重意境。哪怕是它非常不起眼的根，也非常值得一提。一位作家说，她拔过蒲公英，熟悉它的根："地面上的茎，和茎上一朵花，只有短短十厘米；地下面的根，却可以长达半米。"就文字的艺术而言，应该像蒲公英的根一样实在，"蒲公英的根，是连着泥土的，是扎根很深的，是穹苍之下大地野草之根。"

　　往深处想，不管飞得多么高、多么远，对这深深扎在泥土里的根，蒲公英的种子都有着深深的眷恋、难舍的情意吧！

会行走的扶芳藤

一开始，我不知道它的名字，但却不能不注意到这种藤类植物爬满了一面墙，直达五层楼高，就在我住的小区里。在钢筋水泥的丛林里，这些行走的藤蔓，让人心生柔软，也让人看到季节的变换。只是，许多个春天，好像都是突然看到新叶爬满它的枝头，却不知道春天是怎样在它枝干上一点点萌生的……

相伴几年，我好像一直没有关心过它的名字，只是简单地把它当成爬墙虎。直到有一年冬天，爬墙虎叶子落尽，它椭圆形的小叶子还在寒风中保持着苍翠，我突然对它生出了解的渴望，终于查询到它的芳名叫扶芳藤，常用的名字还有一大堆：爬藤、爬藤卫矛、爬卫矛、爬行卫矛、滂藤等等。

扶芳藤的茎、叶皆可入药。《本草纲目》说它："主一切血，一切气，一切冷，大主风血。以酒浸服。"这么多的"一切"，看起来很神奇的样子，据说可以治疗很多女性疾病，像女人的贴心小棉袄，因此被称为扶芳藤。还有资料这样记载扶芳藤："其树蔓生，缠绕它树，叶圆而厚，凌冬不凋。夏月取其叶，微火炙使香，煮以饮，碧渌色，香甚美，令人不渴。"

认识了扶芳藤，自然就关注得细致起来，看到了它在四季里不同的样子。春天里，藤蔓上残留的老叶间长出一个个嫩绿的新芽，不几天，新芽就变成了新叶。新叶的新绿映着老叶的老绿，新老一眼可见。一转眼，新叶星星点点就长满枝，长出一派勃勃生机。长着长着，新叶的颜色渐渐加深，老叶慢慢淹没其中，直至不分彼此。

时间不知不觉到了夏天，扶芳藤开出细碎小花儿。花朵很小，绿色花蕊，四个淡淡的白绿色的花瓣，加上细长的花丝，让每一个小花朵都看起来俏皮可爱。花儿虽小，却多且密，远远看去，像绿色的海洋泛起层层银色的波浪。开满密密匝匝花儿的扶芳藤，时时有小花簌簌落下，像浪花溅起无数颗细小的水

珠。花落果生，时间也到了秋天，光滑的粉红色的小圆果，粒粒惊艳。

冬天的扶芳藤，露出沧桑而强大的根部，看起来有着无与伦比的坚韧和遒劲，难怪它可以占据一座楼的一面墙，可以具备抵达最高处的震撼人心的力量。

还记得那年冬天，在经历过几个月的不能正常行走之后，我在小区院里慢慢走走，突然看到了扶芳藤的攀爬，看到了给它攀爬能力的茎上的不定根——像是它可爱的小脚丫。那一刻，一种感动盈满心怀。走走，很平常的两个字。没有经历过不能行走的痛苦的人，永远无法体会这两个字带给人的幸福感。经过了，却也因此多了一种快乐——可以看得到植物行走的快乐。墙壁上的枝蔓，是它向上行走的足迹。它在任性地走，不知是它的小脚丫追随着它的枝蔓，还是它的枝蔓引领着它的小脚丫，只知道它用任意行走在墙面上挥洒一幅又一幅的画。面对它，无须思考，无须构图，甚至不需要看屏幕上的画面，只需像它一样无拘无束，随手按下拍摄键——最神奇的美，就是自然。

槐：木中的鬼灵精怪

在木的王国里，槐应该是最最鬼灵精怪的一个小公主。也许，她长着一副很平常的面孔，也许，总是一副很平静的表情，却在内心里变着法、变着样地演绎着一场又一场风云变幻。行走在长满槐树的园子里，突然冒出这样的念头。

她竟然可以变幻成那么多的形象来面对这个世界：挺直或弯曲的枝干，绿色或金色的叶子，红、白、紫色的花儿，大大小小的朵儿……还有那么多的名字：刺槐、黄金槐、龙爪槐、小叶槐、香花槐、蝴蝶槐、金叶刺槐、金枝国槐……无论哪一种样子、无论哪一个名字，她的魂、她的魄，都是槐——木中的鬼灵精怪。

前年的一个槐花季，细雨中，一踏进沈丘县的"中华槐园"，就被裹挟在铺天盖地的香气之中，像雨的包裹——只是，雨有形而香无迹。

无迹，却也可寻。沿着萦绕在鼻翼间的香，自然可以寻到一树树挂着一串串、一团团花朵的槐。看到树下一地的洁白，自然可以想象清风拂过时，槐颤抖着飘洒一场槐花雨。

她只有一季的清芳，却可以给人一世的怀想，真是让人没办法、拿她没办法——尤其是到了属于她的季节，那一簇簇花串就会在心间摇荡，让人不能不想她，不能不看她，不能不闻到她的香气，甚至，爱到只想吃掉她——这个让人惦记到放不下的小精灵。

又到槐花最好吃的时节，我却有事外出。看着朋友圈里晒出的各种槐花美食，真是若有所失。还是妈妈了解我，打电话对我说，已经买了好多将开未开的槐花，蒸了一部分，冻在冰箱里给我留着；还晒了一些，留着以后包饺子或者包包子。回到家，当槐花的清香从鼻入口，一种深深的满足感和幸福感油然而生。那香，清新中有丝丝缕缕的甜；甜，却又不失其清——那味道，真是美到玄妙。

即便是被吃掉，这个小精灵也可以调皮地变换出很多种形象：槐花可以凉拌、煎、蒸、做汤、做糕、做蜜；用槐花、槐果可以做槐酒、槐茶；根、皮、枝、叶、花、果都可入药……可见，她不仅美在其表，美在其香，还美在其用。

当然不止这些，槐还很有文化呢。说到文化，这个小精灵立刻变成一副老成持重的面孔，让人首先想起发生在大槐树下的迁徙故事，联想到一种浓浓的乡愁。然后，再板着面孔告诉你：槐树在中国文化史上是一个重要的意象：在唐宋类书的"木部"中，一般排在松、柏之后，居第三位。不仅如此，槐还是古代三公宰辅之位的象征、科第吉兆的象征，同时还是古代迁民怀祖的寄托、吉祥和祥瑞的象征……

在我心里，特别难忘、特别有文化的三棵古槐，长在北京西山脚下黄叶村曹雪芹纪念馆正门前。据说，曹雪芹晚年是在这个小村子里度过的。北京有"先安宅，后植槐"的风俗，不知这三棵四百年的老槐是不是见证了曹公在此著书？

不，不应该说"老槐"。这木中鬼灵精怪的小公主是永远不会老的——哪怕她变化出的形象不再笔挺，哪怕，她调皮地幻化成一棵歪脖老树——她也始终用一颗年轻的心见证着文化的记忆：记得当时走到槐树的一片浓荫下，隐隐有笛声传来，是电视剧《红楼梦》中《秋窗风雨夕》的韵律——只有在这样的地方，才有这样的机缘巧合吧？！

蔷薇花开至荼蘼

"心有猛虎，细嗅蔷薇"，是诗人余光中翻译的英国诗人的诗句。译得实在是太好，让人瞬间意会出太多太多：一个怀揣着猛虎之心的人，心中生出爱意的时候，也会在蔷薇花下细嗅——雄心也会温存，猛烈也会安然，刚强也会轻柔……

仅从诗句中就可以想象，蔷薇应该是一种柔美的花。李时珍曾解释蔷薇之名："草蔓柔靡，倚墙援而生，故名。"此一说法将蔷薇的蔓性说出来了。当然，蔷薇不是草，但因它的蔓生而多出许多温和与柔软的感觉。

其实，柔只是它的表象。且不说它的刺，只说它柔软的强大。在周口大道桥东北侧蔷薇花墙旁边，我就发现一棵被蔷薇裹挟的桃树。远远看时，还有些纳闷：已是春末，是什么树还在开花儿？走近，才发现蔷薇的枝蔓跨越了和桃树之间的距离，让已经挂着桃妞妞的树再一次"绽放"满树的花朵。面对这躲不开的纠缠，桃树有些发蔫儿，显得无能为力、无可奈何。

当然，大多时候，蔷薇也只会将自己的表象示人，朵朵精神叶叶柔。蔷薇的品种很多，这次所见，是明媚的红粉，一簇簇地团裹在一起，散落在枝叶间，沿着栅栏延伸，再延伸，筑起一道温馨浪漫的花墙。有年轻的男女在拍照，还有穿着婚纱的新人，在这象征着爱的花前，多么美好。据说，蔷薇的花语是对爱情的向往，即便风吹花落，爱亦永不凋零。

在一片花朵的密集处，有枝蔓伸展出来，行走其间，有被蔷薇花包围的感觉，同时也被它的花香浸透。微风一吹，香云落向衣袂。大片的红粉之中，偶遇一枝雪白——粉与白，都因对方的存在而更精彩。看着深深浅浅的粉，再加上粉白的相映，突然就想起清代一位诗人说尽蔷薇美态："……满架花光艳浓。浓艳，浓艳，疏密浅深相间。"

　　蔷薇花下，自然而然地想起有关蔷薇的故事。《红楼梦》里除了"蔷薇硝"事件，还有一个场景与蔷薇有关。第三十回，宝玉进了大观园，"刚到了蔷薇花架，只听有人哽噎之声……如今五月之际，那蔷薇正是花叶茂盛之际，宝玉便悄悄地隔着篱笆洞儿一看，只见一个女孩子蹲在花下，手里拿着根绾头的簪子在地下抠土，一面悄悄地流泪。"他仔细又看，不是掘土埋花，是向土上画字，是个蔷薇花的"蔷"字。画完一个，又画一个，已经画了有几千个"蔷"，真是"痴"到极处。龄官之"痴"，全都给了贾蔷——一个名字与蔷薇花有缘的男子。第三十六回中有这样一个情节：宝玉想起《牡丹亭》曲子，听说龄官唱得最好，便寻过去。哪知龄官拒绝唱曲，说自己嗓子哑了。当然，能让她唱的，也只有贾蔷。这个同时具有蔷薇花柔与刚的女子，可以为了自己所爱，让宝玉觉得"从来未经过这番被人弃厌"，红了脸出去，终于悟出人生情缘，各有分定，"从此后，只是各人得各人的眼泪罢了"。

依依不舍地与蔷薇花告别之后，身上、心上，还留着它的余香。天已越来越热，这香，让人忽略了为看花而生的汗，却不能忽略季节的转换。春归何处？黄庭坚答："因风飞过蔷薇。"

春已渐行渐远，让人不能不想到蔷薇的近亲——荼蘼。历代文献并未确切指出它的种类，我也没有见过这种花，只是知道它和蔷薇是一类植物，有相似之处，其中又以悬钩子蔷薇最为接近，是春季最后盛放的花。

最初知道荼蘼，是在《红楼梦》里，麝月抽到一张花签"荼蘼——韶华胜极"，由此知道了"开到荼蘼花事了"。"荼蘼不争春，寂寞开最晚"——荼蘼过后，无花开放，是一年花季的终结，春天也便不再了。

由此，荼蘼留给人的大多是颓废、绝望、孤独、忧伤之类的文学意象，就连荼蘼花的花语也是"末日之美"，让人想到美人已逝去的青春，恋人已终结的情感。

对于荼蘼，我没有这些感觉，是因为我还没有见过？在我的理解里，极致也是一种美，荼蘼应该就是一种绽放到极致的花儿。爱到荼蘼，爱到最丰盛、最刻骨，即便落英缤纷，又何尝不是一种极致之美？

芍药：叫我"小妖"又如何

　　知道芍药，却是因为牡丹，因为刘禹锡说："庭前芍药妖无格，池上芙蕖净少情。唯有牡丹真国色，花开时节动京城。"待到见了芍药，觉得刘禹锡为了夸赞牡丹，真是委屈了芍药，误解了莲花。

　　且不说莲的多情和深情了，只说芍药的品格。它的确娇媚，媚到可以被人误解为妖媚。可即便媚眼如丝，媚态可掬，却不媚俗，亦无媚骨。那媚惑的能力，是造物主的赐予，是一种自然而然的能力。即便是"妖"，它也会将至真至善至美集于一身，透着一种我就是"小妖"，我就是讨人喜欢，你能拿我怎么办

的理直气壮。不只是白色，就是红色、紫红色的"小妖"，也透着一种无遮无掩的清，无欺无忌的纯，不管有着怎样的媚态，都难掩骨子里的澄净。

轻轻地喊上一声"芍药"，感觉它的名字就浸染着一种明媚的妖娆。《本草纲目》这样说："此草花容绰约，故以为名。"民间历来推崇牡丹为"花王"，芍药为"花相"，有点"一花之下，万花之上"的味道。但我觉得，花儿只是它自己，也只会做好它自己，该开时开，该落时落，不会在意是"王"还是"相"。

看见芍药，总会想起《诗经》里就有"维士与女，伊其相谑，赠之以勺药"之句。"勺药"即"芍药"。走过了几千年的光阴，它还在我们的生活里。诗中的情形，也还在：男女相伴在春风里、河水边，高高兴兴地相互戏谑打闹着，互赠芍药表达自己的心意。有爱情，有花朵，有自然界的春天，也有人生的春天。芍药自古就作为爱情之花，表达着结情之约或是惜别之情。芍药又被称为"将离""离草"，应该与此有关吧。它的花语也很多情：依依惜别，难舍难分。

想到芍药，总会想起《红楼梦》里那幅特别美的画面："果见湘云卧于山石僻处一个石凳子上，业经香梦沉酣，四面芍药花飞了一身，满头脸、衣襟上，皆是红香散乱，手中的扇子在地下，也半被落花埋了，一群蜂蝶闹嚷嚷地围着她。又用鲛帕包了一包芍药花瓣枕着……"因为这画面，总会梦想自己拥有一个小园，一定种上一些芍药。

芍药，这总是与牡丹相提并论的花儿，有一回，我在嘈杂的菜市场一角发现了它。本来应该只是与它擦肩而过的，可是它的主人在吆喝着叫卖，它的身价低得让我怜惜。于是就想，领它走吧，花儿应该是有心的。只要有心，就有尊严。在菜市场，它只能廉价。若现身花店，应该可与牡丹相若。如果在药店，它以另一种身姿出现，也许不美，但也不至于如此卑贱。在化身爱的使者相赠情人时，应该是无价。

有一年春天在党校学习，在学校院子里，邻近周口公园的栅栏边，有一大片芍药。能够天天相见的日子里，无论晴天雨天，我每天都早去一会儿，和它约个会。甚至有时一天会跟花儿见上两次，来时看了，走时再看。想到那一句"年年知为谁生"，就一厢情愿地认定：为我！因为我见证了一朵又一朵的芍药花开，看着有的像捧着一腔心事，欲说还休，有的像旋舞着的裙，转着转着，就盛开了。不知不觉间，就看到了从含苞到结籽的芍药的一生。

参加了结业典礼之后，我没有急着离开，而是再一次走进我的乐园——那个花草树木的世界，再一次去看看那些陪我走过春天的朋友们，看一看走过绚烂、步入凋零的芍药，看一看"花容绰约"、让人着迷的"小妖"。

离别之际，无端冒出一种感觉：芍药让人想到别离，应该是因为它的零落：每一个花瓣落下来，都会砸在离人的心上。不是因为它不美，而是因为它太美。即便残缺，也美到惊心动魄。这感觉，就像抬头看月，是弯月牙儿，你也不会觉得不美，只是可能会生出对于圆满或者完美的怀想。其实，凋零又何尝不是在通向另一种圆满？

花开就有花落，花落还有籽实。相聚就有别离，别离还有情谊。天地都在循环往复，走过春天，还有夏季……

那不是花儿，是一嘟噜红樱桃

　　"你姑不是在拍花儿，在拍一嘟噜樱桃。"三年前的三月，我对着樱桃花拍照，妈对着九个月大的小侄儿说话。

　　是啊，花都开了，果还远吗？小侄儿在小推车里静静地坐着，一会儿看我，一会儿看花儿，大眼睛忽闪闪的，眼神安静而明净。那一刻，我觉得小小的他可以听懂所有的话。

　　妈在院子里种了两棵樱桃树，一棵种得早，一棵种得晚。虽然我对花朵特别敏感，但感觉对樱桃花的印象，还是很浅淡。是因为在梅花、樱花的映衬下

樱桃花太家常、太平凡？还是对于红樱桃的想象与期盼暗淡了它的花朵？对于说不明白的事，就不说吧，就说自己印象最深的：每到春天，大概持续一个月的时间，总有最新鲜的樱桃吃，而且又红又大又甜。

四月天，我走到樱桃树下，侄儿像个小尾巴一样跟着我到院子里，瞪着圆溜溜的大眼睛问："嘟嘟，你干啥？"看他嘟着小嘴把"姑姑"喊成"嘟嘟"，那感觉，像樱桃花突然变成一嘟噜的红樱桃，怎么想怎么美。摸摸他胖乎乎的大脸，告诉他："我看看樱桃……"

院子里这两棵树，一棵是红樱桃，另一棵是绿樱桃。红的性子急些，绿的还慢悠悠地晒着太阳。小鸟儿总是来争食儿，妈妈拿个蚊帐罩住，帐子里的樱桃红了。摘下一颗最红的递给小侄子，再摘一颗自己尝尝——已经透着甜了。当时还想，小鸟儿看到我们，会不会生气呢？

樱桃长到红得发紫，熟透了、甜透了，才是最好吃的时候。趁着新鲜吃，最美味。怎样才是最新鲜的吃法呢？妈说，现摘现吃最好。我仰起头，把一颗樱桃含在口中，笑说："不摘，就着树，更新鲜，更好吃。"

一直以为是"樱桃好吃树难栽"，其实是"樱桃好吃熟难摘"——手刚碰到树枝，真正熟透的樱桃已经滚落在地。

今年，妈妈种的晚樱桃成熟季到了，我在外地，妈打电话说："我给你留着一大枝子，等你回来吃。"回到家，树上的樱桃却已不在，妈说："实在留不住了，熟得直往下掉，我摘下来给你放到冰箱里了。"

还是妈懂我，她留的樱桃都带着枝叶，愈发衬得果子红艳、水灵。洗干净，放在一个玻璃碗里，看了又看，一时间竟有些舍不得吃。感觉它已经跨越食用价值，跃进欣赏价值的行列——像哲学，不是用来功利，只是为了心灵上的满足。

看我发呆，妈说："快吃啊！"那一刻，飘忽的胡思乱想落到眼前，感觉心灵不再停留在上方，品味人间百味，又何尝不是有滋有味的活法？

一颗樱桃入口，透心的甜。

三叶草：变成四叶才幸运

在三叶草之中，偶尔会出现一片四叶的，就是传说中的幸运草。怎样一个"偶尔"才能变成"幸运"？据说，大概在十万株三叶草中，才可能发现一株四叶草。

三叶草一般指的是白车轴草，又名三叶草、白三叶、白三叶草。草如其名，白色的小花在茎顶开成一个小圆球，通常是倒卵形或者近圆形的三片叶，叶片上有一圈淡淡的白色花纹。

白花车轴草，还叫白花苜蓿，从名字上，就能感觉到与苜蓿草有亲缘关系。的确，被广泛称为三叶草、幸运草的植物，就还有苜蓿草。苜蓿有着"牧草之王""食物之父"的美誉，野外、路边随处可见。看黄花苜蓿的叶子，能感觉出它和车轴草是近亲。看紫花苜蓿，倒常常因为花而忽视了它的叶。

被人称为三叶草的植物，还有酢浆草。这是一种城市绿化常见的草，叶子由三个倒心形叶片组成，叶片上没有花纹，形状也与车轴草、苜蓿草相去甚远。

"真正"的三叶草究竟是哪一种草？植物学家至今尚未达成共识。其实，大可不必太认真吧。这三种植物都会有四片叶子的变异情况出现，看到哪一种草的叶子从三片变成四片，都可以称之为幸运。从而，四叶草又被称为幸运草。

关于幸运草的传说，有很多个版本，一个有关爱情：两个相爱却总是相互误解、不断争吵的年轻人，得知对方有难，只有找到四叶草才能得救。于是，他们在暴雨之中去远方为对方寻找四叶草……因此，他们看到了彼此的在乎，看到了彼此的心。于是，四叶草变成了爱的见证。

还有一个源自拿破仑：有一次打仗时，他发现一株四叶草，被它的奇特吸引，便俯身去摘。真是幸运，刚好避开了向他射来的子弹。

所有的传说，其实都是人们对幸运与幸福的向往。因为传说找到四叶草就找到了幸运，所以在西方，经常可以看到很多人蹲在地上找幸运。当然，找不

到也不打紧，还有各种饰品被制成四叶草的形状。当四叶草项链吊坠在项上、四叶草手链手镯在腕上、四叶草指环在指上闪亮，可以想象，四叶草绽放的不仅仅是美丽，还有幸运的祝福——它的四片叶子分别代表爱情、名誉、财富和健康，还有一说代表着祈求、希望、爱情和幸福——哪一说，都美好。

据说，三叶草有种子，而四叶草没有。这就意味着，只能在十万株传统的三叶草中寻找一次幸运。这种感觉，好像在印证着一句话：幸运不是天上掉下来的，只能靠自己去寻找、去创造。我怀疑这个十万分之一只是一个虚指，仅仅是想说四叶草的独特和寻找的艰难吧。但是，怀揣着满心的热爱与真诚，应该也是不难的。前一段时间我去开一个会，因为到得早了点儿，便悠然地欣赏起博物馆楼前花坛里的花草。一大片白花车轴草正在开花。拿出手机拍照，不经意间，四叶草就闯入我的镜头。人与花的缘分很像人与人，有些相遇，就是那么偶然，那么让人猝不及防。

比之于四叶草，三叶草更像平凡的芸芸众生。其实，不管是三叶草，还是四叶草，哪一株草都是一个一次性的奇迹，在这世上只存在一次，不会再有第二次这样的巧合——哪怕微小，哪怕平凡，它们都是独一无二的自己。

但是，人们为什么会把长出四片叶子的三叶草视为幸运？只是因为它十万里挑一的与众不同吗？人们愿意为它付出时间去寻找，是对特立独行的向往吗？这让我想到周国平的一句话："世间最动人的爱仅是一颗独行的灵魂与另一颗独行的灵魂之间的最深切的呼唤和应答。"也许，每一个人的内心深处，都有一种深切的孤独，那个寻找的过程，就是对爱的应答和向往。

种下一棵鲁冰花

种下一棵鲁冰花，好像种下了一首老歌，常常有歌声从心里向外飘："天上的星星不说话，地上的娃娃想妈妈；天上的眼睛眨呀眨，妈妈的心啊鲁冰花。家乡的茶园开满花，妈妈的心肝在天涯；夜夜想起妈妈的话，闪闪的泪光鲁冰花……"

第一次在春晚上听到这首歌，不知道"鲁冰花"就是一种花，更想不到，多年之后它会出现在我办公室的花盆里。

种下一棵鲁冰花，同时种下了许多好奇：它什么时候开花？会开出什么颜色的花？它的花语是什么？

查阅了一下，鲁冰花又叫羽扇豆，在5月份的母亲节前后开花，色彩丰富，香味迷人。鲁冰花的花语：母爱、幸福、苦涩、悲伤。

母爱，对鲁冰花附加的这种含义，一点儿也不让人意外，自从第一次听到以鲁冰花命名的歌，就觉得它是一种"母亲花"。母爱，是让人感到最最幸福的一种爱。所以，它的花语中有"幸福"，自然也不让人意外。

看到"苦涩、悲伤"两个词语时，还是猛然一惊，但随之就是一种释然：

悲苦和幸福原本就是一个硬币的两面，不可分割，就看你看到哪一面。走过苦涩，体验过悲伤，才会更懂得珍惜幸福吧。或者说，对悲苦的体验有多深切，对幸福的感知才会有多强烈。母亲也往往是一家之根，心甘情愿地把辛苦深埋，只待开出各色花朵，就是"根"的幸福。想起许多人喜欢用"含辛茹苦"来形容母亲带大孩子的不易，那看着孩子健康成长的幸福，就是"辛"与"苦"的另一面吧。

说了这许多，其实都是一些天马行空的胡思乱想。其实，就鲁冰花名字的来源，网上有这样一种说法："Lupin"在希腊文里是"悲苦"的意思。鲁冰花的种子很苦涩，含在嘴里，让人看起来是一种很痛苦的样子，因此它的花语是"苦涩"。还有一种说法是——"鲁冰花"来源于客家话"路边花"的谐音，被台湾客家人视作"母亲花"。

种下一棵鲁冰花，好像也种下了一种怀想，重新打开那首老歌，一听，再听，才发现经过岁月的磨砺，打动我的不再是那几句熟悉的歌词，而是这样的几句：

当手中握住繁华，

心情却变得荒芜，

才发现世上一切都会变卦；

当青春剩下日记，

乌丝就要变成白发，

不变的只有那首歌，

在心中来回地唱……

是啊，当"乌丝就要变成白发"，当自己的孩子也慢慢长大，才更加深切地懂得，母亲对孩子的爱，永远都不会变卦。

悲欣交集是合欢

多年前就喜欢路边的一棵树，喜欢树上那粉嫩毛茸茸的花朵，在层层叠叠的翠碧之中晕出片片绯红，像是枝叶怀抱一团团娇嫩的温暖，又像树上挂着一串串欢喜的、温存的惊叹。尤其是在阳光灿烂的日子里，每一阵风过，都可以听到它的欢笑，看到它洒落一地单纯合美的欢喜。

那时，还不知道这是合欢树，不知道它还叫夜合树、绒花树，更不知道它的花儿竟然还叫苦情花。

喜欢与了解都有一个渐进的过程，一次次在树下驻足，在淡淡的香气里看枝头扇形的花朵在夏日里欣欣然地开着，一次次被那粉嘟嘟、团绒绒、轻盈盈的花朵打动，自然就想知道它的名字。只要想了解，自然可以查阅到它有一个特别形象的名字——绒花：其花散垂如丝，上半白，下半粉红，形如马缨，又称马缨花；因其昼开夜合，叶子也是随着花开花谢而晨展暮合，故名夜合树。

最容易也最愿意被人记住的名字，应该还是合欢吧。这两个字听起来、叫起来都透着吉祥，会让人想起"合家欢乐""和睦欢畅"的美意。它的花语是"合欢蠲忿"——见到合欢，就解愠成欢，破涕为笑，消怨合好，让人想起"执子之手，与子偕老"的美好。

写合欢的诗句中，纳兰容若的"不见合欢花，空倚相思树"让人过目难忘。这个多情公子，在妻子卢氏因难产早逝后，陷入难以解脱的痛苦，写下许多让人肝肠寸断的悼念之词。时光没有缝合他的心碎——卢氏与他一起生活的短短3年，占据了他一生的思念。在他的眼里和心里应该是"合心即欢"，伊人不在，"合"与"欢"也就不在了吧！只有相思树还在，他用自己无限的追忆和思念去浇灌，任相思的枝叶疯长。

"一生同心，世世合欢"，是人们期盼的美好，但美好的愿望常常被命运捉弄。就像合欢花虽美，但花开时间却不长，在夕晖里的树下，总有它凋零一地的花朵。大约缠绵着忧伤的美丽才更美丽吧，所以，它还有一个花语：转瞬即逝的快乐。像纳兰公子的怀念，曾经有过多少相聚的欢愉，后来就有多少离别的苦痛；曾经有多少"合欢"，后来就有多少"苦情"，以至于纳兰亦如合欢花一样易逝，30岁就郁郁而终。生又何欢，死又何哀？对纳兰而言，这涵盖着终极追问的感叹是不是更指向永恒？想来，合欢花又叫苦情花，真的是说尽人生常态与常情。

　　"欢"与"苦"，让我想到弘一法师笔下的"悲"与"欣"。临终前，他写下"悲欣交集"4个字。悲，是悲悯众生吗？欣，是好好地来，好好地去，自在解脱而心生欢喜吗？有人这样解释"悲欣交集"中的"悲"字："大慈，与一切众生乐；大悲，拔一切众生苦。"也许正是这个"慈悲"，弘一法师才说：

"爱，就是慈悲。"

看来，合欢还真是懂得人间至理，将合欢之欢与苦情之苦集于一身，一如人的一生，又有谁不是"悲欣交集"？

因为懂得，所以慈悲。合欢树不说话，却又说了很多的话，不只花说，叶也说。不开花时，它的叶子会在风中静静地舞，舞得轻盈而灵动，让人想到蝉翼，想到凤尾，想到蜻蜓的翅膀……对着它看着看着，不知不觉，自己就站成一棵树。

白茅：与爱有关，与美有关

剥了白茅草嫩芽外面嫩嫩的皮，吃里面软软的芯，有柔柔的绵和淡淡的甜——还是童年的味道。已经不记得小时候叫它什么名字了，只记得和小伙伴们一起玩时，很容易就可以看见茅针在杂草里探出头，任我们拔取下来，留下满口草的清香。

白茅，别名茅草、丝茅草、茅根、兰根等。《本草图经》这样介绍它："今处处有之。春生苗，布地如针，俗间谓之'茅针'，亦可啖，甚益小儿。夏生白花，茸茸然，至秋而枯；其根至洁白，亦甚甘美，六月采根用。"

很常见的草，后来却感觉不到它的"处处有之"。在城市绿化中，它应该被列为"杂草"而成为清除对象了吧？不，应该不只是城市文明让它时时和我保持着距离，还是自己在庸常的生活里忽略了它，不知道有多少次擦肩而过却视而不见？隔着几十年的光阴再一次相见，是前年在燕山大学。在秦皇岛学习时，一个偶然的机会我去了那里。记忆最深的就是学校里到处是花草树木，到处是青春气息。我在被一大片白茅草包围的一张长椅上坐下来，享受一个人的一段宁静时光……

眼前的草儿已花开成穗，花穗上长有柔软顺滑的白毛，有点像缩小版的芦花。叶子细长柔韧，似矛，不知它是不是因此得名？置身有文化的大学校园，自然会想到《诗经》里几次提到它，与爱有关，与女子有关，与美好有关，感觉它是一种特别有文化的草儿。

白茅初生的茎芽幼嫩时称"茅针"，白嫩可食，又称"荑"，白而柔，人见人爱，常常用来形容美人的纤纤玉手。在《诗经·硕人》里就有这样的句子："手如柔荑，肤如凝脂"。看来，几千年过去了，女子外在美的标准就没有变过：要白，要柔。

白茅体态洁白、柔顺，晒干之后还有淡淡的香气，十分洁净。古人将其看作高洁、通神的植物，祭祀时常用来垫托或包裹祭品，生活中也用白茅包裹礼物互相馈赠，以示敬重和诚意。可以说，白茅上可为王室所供，下可为寒士所用，无论哪一种境遇，它都安之若素，一如平常。

《诗经·野有死麕》中，年轻的猎人送给心上人的礼物，就是用白茅包裹捆扎，以此来表达自己的倾慕之意："野有死麕，白茅包之。有女怀春，吉士诱之。林有朴樕，野有死鹿。白茅纯束，有女如玉。"想象一下诗句中的画面：野外白茅丛生，女子洁白如玉，像白茅一样纯净无瑕。心仪她的男子送上用白茅捆束的礼物……这带着远古旷野中野性和浪漫的诗篇，虽然有人说它是诗经中最香艳的篇章，但我依然觉得整篇都透着一种纯净，一如白茅之白，让人想到"思无邪"。

当然，不是所有的爱都充满着温情和浪漫。《诗经·白华》中，就透着一种凄婉哀伤："白华菅兮，白茅束兮。之子之远，俾我独兮。英英白云，露彼菅茅。天步艰难，之子不犹。"菅草白华和茅草之白本来象征纯洁与和谐的爱，女子得到的偏偏是远离与孤独，草儿都可以得到雨露的浇灌和滋养，女子得到的却是被弃与伤痛。借着草儿的意象，诗句将女子爱而不得之苦表达得淋漓尽致、凄美动人。

在充满青春和美好的校园里，当然更喜欢这样的句子："自牧归荑，洵美且异。匪女之为美，美人之贻。"从这首《诗经·静女》可以看出，当时民间有赠白茅表达爱慕或定情的习俗。诗中又一次提到了"荑"——初生的白茅——确实有一种不同寻常的美。其实，不是草儿长得美，只是因为它是心上人送的礼物，心里有情，草儿才有情。姑娘亲手采摘，亲自赠送，这不起眼的小草，传达着爱，表达着爱，才变得美丽芬芳，从而引出幽思悄然、情不可遏的深爱。

走出《诗经》，走进现实世界，如果一对有情人还能以对方赠送的一根白茅定情，相信他们应该有着深情——不将对方所赠的一根小草看轻，才是真的将这个人看重吧。

蜀葵：被人嫌处只缘多

先来看一下两首非常相近的小诗，不知算不算后人对前人的抄袭：

眼前无奈蜀葵何，浅紫深红数百窠。

能共牡丹争几许，得人嫌处祗缘多。

——（唐）陈标《蜀葵》

年年废圃我葵放，浅紫深红艳若何。

一丈高枝花百朵，被人嫌处只缘多。

——（清）王润生《废圃蜀葵盛开偶成七绝》

之所以这样毫无技巧地照录，是觉得好玩儿，两位诗人隔空相望，同时感叹蜀葵花的颜色之丰、被人嫌弃的理由，竟然如此相同。更重要的是，他们突然让我意识到，原来我一直也是在嫌弃或者说忽略着蜀葵花。我可以为一朵只能以毫米计的小花欣喜，却也无视无处不在的蜀葵花。也是这个"只缘多"，让我开始发现它的各种"多"。

蜀葵花的颜色岂止是"浅紫深红"啊，除了主色紫红，还有很多：淡红、粉红、红、紫、墨紫、纯白、黄、乳黄、复色等。花朵有单瓣的，也有重瓣的，可谓花色缤纷，形态各异。

不只颜色多，蜀葵花的名字也多：由于它原产于中国四川，"叶似葵菜而大"，故名"蜀葵"；因为花期较长，个头长得张扬，可达丈许，花朵又明艳，又名"一丈红"；于端阳节前后开花，亦称"端阳花""端午花"；蜀葵花开时，往往也是麦子成熟时，故也叫"大麦熟"；因为花朵颜色多样又开得极其繁硕，人们也简单地称其为"大花"；还又名大蜀季、戎葵、吴葵华、棋盘花、蜀季花、秫秸花、擀杖花等。之所以有这么多的别名，可能是因为它太容易养活了，长得铺天盖地，不同地方的人给它起了不同的名字。

蜀葵花的功用也多：嫩叶、花都可食，小果子能直接吃，带着微甜的青草味儿；根、茎、叶、花、种子均可入药；茎皮含纤维可代麻用。还有很多地方有这样的习俗：端午节，赏端午花——阖家外出赏花，并带回家里插在瓶中用以辟邪，祝福家人如意安康。

"昨日一花开，今日一花开。今日花正好，昨日花已老。"是岑参在《蜀葵花歌》中对盛衰无常、光阴难再的慨叹。其实，何止蜀葵花易老？又有哪种花不易老呢？但蜀葵花总是在炎炎夏日，以花朵之"多"，开出常开常新、生生不息的感觉来。它总是在你不经意间，呼啦啦地开成一大片，高大的茎秆上挂满了花，一朵挨一朵，热热闹闹地在风里摇。种子随风飘，墙角或是路边，到处都有它的身影。

也是因为它多到无处不在，让人对它熟视无睹吧。蜀葵不懂"少则得，多

则惑"，我也一样。妈妈家的小院夏天蜀葵花长成花墙，我住的家属院里花坛、路边也长满了蜀葵，我却一直没有特别关注它，也一直看不到它的心里去。

直到去年有一天，我看到院子里一棵受伤的、已挂满花苞的蜀葵。我不知道它是因何被折，也不知道是被谁拯救的——为了保持它的亭亭玉立，在伤处有一根小木棍，用青草叶密密地和它的茎捆束在一起。

那时，我因膝部受伤还坐在轮椅上，就那样静静地、默默地、惺惺相惜地看着它，许久许久，希望它能恢复如初，绽放花朵。它倒是也没有辜负我的期待，在接下来的日子里，直直的花秆直指天空，密密匝匝的花朵相接相连开出奔放、自由的感觉，让一个不能自由行走的人心里好生羡慕。就这样，看着众多蜀葵中受伤的那一棵同样努力地节节向上、疯长疯开，我仿佛听到了生长的噼噼啪啪的声响，看到了一种肆无忌惮的洒脱超然。在那一个瞬间，我突然觉得自己走到了蜀葵的心里，而蜀葵也走进了我的心里。

艾，深情而温暖的爱

有一种相思，随着草儿在风中摇曳了几千年："彼采葛兮，一日不见，如三月兮！彼采萧兮，一日不见，如三秋兮！彼采艾兮，一日不见，如三岁兮！"在《诗经·采葛》中，幽幽思念和款款深情寄于几种平凡的植物，缠绵悱恻像葛藤相互缠绕，百转千回像萧艾香气弥漫。几句看似平常的反复咏叹，却是言浅情深。一天不见，就像隔了三年！艾对应着时序压轴出场，可见古人对它的看重。当艾最后出现时，爱的表达也到了极致。

不少资料都说萧与艾同义，即艾蒿，是同一种植物。但我觉得，仅仅从诗歌层层递进的情感脉络上来说，同一种植物不会出现两次分别对应"三秋"和"三岁"，这不符合常理吧。我更赞同另一说法：萧指牛尾蒿，是《诗经》中出现最多的蒿类植物，古人把它视为神圣之物，在祭祀时与油脂混合在一起点燃，以其香气来表达敬神的心意。艾与蒿常常被统称为"艾蒿"，从这个角度可以说艾与萧是同一类植物，都在古人的诗歌里柔情似水。

第一次看到艾草又叫艾萧，特别惊喜。我喜欢萧这个字，也喜欢艾与萧的组合，感觉这个名字有一种《诗经》里透出来的绵绵不尽的美与思。不仅如此，艾草还叫萧茅，牛尾蒿也叫艾蒿。由此看来，萧与艾虽不相同，却也很亲很近。它们有着相似的外表，还都拥有迷人的香气，难怪从古至今都纠缠不清。

萧可用于祭祀，而艾的可用之处却不是一句话可以涵盖的。自有《神农本草经》以来，每个朝代的医生都视艾草为良药，延续至今长盛不衰。有谚语："家有三年艾，郎中不用来"；孟子也说过"七年之病，求三年之艾"。艾还被称为医草、灸草，用于灸百病，也可煎服，可见其药用价值。

艾，为五月而生。端午节的别名艾节，可见艾是端午节的主角。艾叶飘香时，朋友的祝福也"艾"意满满："门上挂艾叶，百病自然消。洗个艾叶澡，泡个艾叶脚，烦恼都赶跑！"艾节这一天，饮艾酒、食艾糕、熏艾烟、洗艾浴，家家户户将艾草悬于门楣之上，驱邪避凶，护佑家人安康……艾草因此又被称为神草。

在端午节这一天被神化了的草儿，平时看起来也没那么神，就是众多草儿之中的一种，田野、路旁、墙角、院落里到处都有它的生长。摘下一片仔细看，发现它叶片似菊，朴拙敦厚，表面绿色，叶背灰绿色，有细密的茸毛，轻轻一触，感觉温柔可亲。这可亲的温柔就是艾绒带来的。撕开艾叶，可以看到一些很细微的白色丝缕，这也是艾绒最初的样子。艾绒是制作艾柱、艾条等艾灸产品的原料。晒干的艾叶经过反复捶打，可以提取出艾绒。不管是新鲜的绿叶，还是陈化的艾叶，都发散出特有的香气，宜人悦人，让人更觉艾草之可爱——艾草又叫香艾，真是名不虚传。

妈妈住的房前屋后都有艾的身影，割去一茬，很快又会长出新的一茬。最初只是种了三五棵，后来根本不用管它，每年春天，都会冒出一片新绿，慢慢再变成一片葱茏。被艾包围的老屋，充满着艾的呵护：采摘下来的艾草嫩叶可以做各样的美食；被点燃、熬煮的艾草，可以驱虫辟秽、散寒除湿；晒干后的艾叶，可以存放，需要时拿出来，可灸、可泡、可蒸——在艾的袅袅烟雾中，理气血、逐寒湿、祛疼痛，感受爱的温阳。

艾草历经捶打、煎熬和燃烧，始终无怨无悔地挥洒着全部的深情和温暖。即便粉身碎骨之后，依然闪着神性的火光，在人间烟火之上俯瞰人间、福泽人间。艾，只是一棵平常的草儿，却用整个生命在爱，爱人间，爱众生，爱了几千年——爱到极致，艾已不是那棵平凡的小草。

木槿：朝开暮落亦无穷

木，槿，哪一个字，都那么美。从口中吐出哪一个字，都是一次温存的呼唤。

木槿花朝开暮敛，像太阳的朝升暮落，每一次绚烂的盛开都是一次温柔的坚持。一朵含苞，一朵已败，木槿枝上两朵花儿的荣枯，不过就隔着一枝的距离。花开花落，行色匆匆，因此木槿花又叫朝开暮落花。《本草纲目》中木槿还有个又古又雅的名字叫"日及"，一生即是一日，也在说它"仅荣一瞬之义"。李白也曾叹息此花"芬荣何夭促，零落在瞬息"。

其实，大可不必为此伤感，真的不必。它还有一个名字：无穷花——枝上花朵硕大，花苞密集，一朵花落，又有一朵花开，开出生生不息、永不放弃的样子。

木槿可居庙堂之高，亦可处江湖之远：是韩国和马来西亚的国花，又常安身立命于乡间篱笆或庭院，故又名"篱障花"。木槿花上得厅堂，亦下得厨房：既承载着文人对茅舍槿篱的隐士生活之向往，又可煎炸烹汤，鲜美异常；种子入药可清肺化痰，名字也很有趣——朝天子。

传说上古时期有舜华、舜英、舜姬三株木槿花神，花开时，满树烂漫，非常迷人，引得凶神来争夺。三株木槿被挖出后，瞬间枯败，凶神只能无功而返。恰巧在附近的舜得知此事，重新栽种衰败的木槿，使其花开如初。为感谢舜的

救命之恩，木槿花又多了一个名字：舜。在木槿的象征意义中，除了"温柔的坚持""坚韧"，也便又多了"情义"和"报恩"。

《诗经》里有句"有女同车，颜如舜华（英）"。舜华、舜英都是指木槿花。想象一下，同车的姑娘如同夏日盛放的木槿花，该是怎样一种美貌？皮肤如同白色的木槿花一样雪白？脸颊如粉红的木槿花一样粉嫩？青春如木槿花一样瞬息即逝？美好如木槿花一样瞬间即是永恒？

木槿花绽放的时间虽然短暂，但也会感受到活在当下的喜悦和美好。如白居易所言："松树千年终是朽，槿花一日自为荣。何须恋世常忧死，亦莫嫌身漫厌生。"这种感觉，像老禅师面对一棵枯木，会想到繁华终将消失，枯萎也终将过去，那就枯萎的让它枯萎，茂盛的任它茂盛好了。

紫藤，有花无花都动人

　　紫藤的枝蔓向天空上的云朵伸展。那种新生的柔软，那种随心的从容，让人可以无所顾忌而又理所应当地认定：这是藤的云朵，蔓的天空。

　　家属院里这架紫藤，是我眼中永远的风景——不管它开不开花，甚至有没有叶子，仅仅是藤蔓的自由伸展，就让我怦然心动。

　　有时，看藤与云。紫藤的枝蔓在缠在绕，天上的云朵在游在飘，却是无论怎样的缠绕，都留不住一朵天性喜欢自由行走的云。

　　有时，看藤与月。藤蔓温柔地环绕或托举着半轮白月，像怀抱或拉扯着心爱的婴孩。

　　有时，看藤与风。藤蔓在风中舞动，以天空为底色，像一幅会变幻的画。拍照的手不动，风动，每一张看起来都一样，每一张又那么不一样。看多了自然的画作，便觉得画纸上雍容繁密的紫藤花富贵有余而清逸不足。尤其是对藤蔓的处理，总难有风中的飘忽、灵动之气。

　　我喜欢花儿，对花朵的钟爱有几分痴气。但很奇怪，对紫藤藤蔓的记忆竟然多于花朵，也许是因为天天可见，而它开花的时间毕竟有限吧。当然，我喜欢它的花，尤其是家属院里的这棵。花是一种纯粹的紫，每一串花都由许多蝶形小花朵组成，像一只只紫蝴蝶由大到小、由浅入深地整齐排列起来。上面的盛开，像浅紫色的大蝴蝶；中下部的从微开到含苞，像颜色渐深的紫色小蝴蝶；整串的花朵盛开时也不会有臃肿感冲淡它轻盈的仙气。

　　三月中旬时，紫藤的春天一如既往地来了。乍一看，还是一片灰突突的枯藤；仔细看，会发现藤上多出一个个尖尖的小花苞。那是无数个新的生命，是枯萎中孕育的新生。只是，春天紫藤花盛开时，因为它的清香美味，总是很难看到花开至鼎盛，便已被人摘去，只留下被扯落的藤蔓在花架下狼藉一片……

让人不由感慨：美就美了，为什么还是美味？

　　小暑已过，架上的紫藤又一次焕发青春。开始只是一两个花串在茂密的枝叶间飘忽不定，像是稀里糊涂地错过了春天，刚刚醒了过来。慢慢地，花儿多了起来，零星地散落在枝叶间，仿佛又一次回到春天。只是，春天开花时叶子还少，而此时，有葱茏的枝叶，还有第一次开花后留下的果荚。这一次，因为总体没有春天时花多，让人看到它的美，又可以忽略它的美味，紫藤花也便能安然地存在，让人感觉到它开了又开，开了还开，每一次看到，都有乍见之欢，又有久处不厌。

　　紫藤花一朵伴着一朵，一串挨着一串，一茬接着一茬。紫藤花架旁，常有一群老人围坐，静静地晾晒着时光和心情。有的上次见时还可以步履蹒跚，下次却是坐在轮椅上……风云总在变幻，时光总在转换，对他，对你，对我。时间的寒凉，没有谁能躲得过。只有亘古不变的阳光，掠过紫藤的枝枝蔓蔓，温

柔地洒在每一个人的身上，洒着亘古不变的温暖。

　　走过紫藤花架，中有小亭，亭下有石桌石椅。很多次想坐在亭中，泡上一壶茶，看亭外云卷云舒、花开花落，却始终只是想想。要么我被困于尘事，要么小亭被人群围绕——这个被紫藤枝蔓环绕的小亭，始终离我这么近，又那么远。去年一个秋日，趁着午间小亭难得的清寂时光，走过紫藤飘落的一地黄叶，在亭中小石桌旁坐下来。一个人，一杯茶，杯中香气弥漫，架上无花的紫藤依然在蓝天下漫卷，午间阳光下的清风吹得落叶哗哗作响……一切，都那么好。紫藤花架下没有被清扫的落叶，尤其好，堪比"白云满地无人扫"的意境。那一刻，感觉自己实在太富有，能够拥有此身、此时、此地、此情、此景……

开在树上的白荷花

总是先闻到缕缕清香，然后才寻找花之所在。

花儿长在高处，如果不是香气的指引，很难在意隐藏在枝叶间的花朵。与此花相映的叶子太笨拙、太寻常了，甚至一直因为不喜欢它的叶子，很少关注它的花朵。

直到前年，就在中心城区的人行道旁，看到一棵长得还不太高的小树，开着几朵硕大洁白、形态如荷的花儿。因为对花的喜欢，才对叶多看了几眼——叶片肥肥厚厚的，正面绿得油亮，背面是暗褐色，是我平日里不大喜欢的感觉。可作为一棵会开花的树，恰恰因为有这样的叶子映衬，反倒让花儿更动人。这棵开着花儿的树，将柔媚与朴拙、明亮与暗淡、新生与沧桑，集于一身。

走近看花，看到洁白的花瓣包裹的"心"，下面如一个莲花宝座，上面嫩生生的细蕊如一只只舒展的长袖。脑子里立刻飘出一首歌："一念心清净，莲花处处开。一花一净土，一土一如来。"

树旁，车水马龙，人声鼎沸，但这丝毫也不妨碍花儿的清丽脱俗、纤尘不染。身旁的热闹是别人的，它只清静着自己的清静，洁白着自己的洁白。它在树上随风而动，像凌波仙子在水上舞蹈。它像极了开在高处的荷花，不只形态相似，骨子里透着的品格更是相似。

它打动了我，我当然要去了解它。知道这开在树上的白荷花有着荷花玉兰之名，不禁感叹：真是花如其名。

荷花玉兰最广为人知的名字是广玉兰。说到这个名字，自然想起初春时未叶先花的白玉兰、紫玉兰，它们有着相近的名字。不同的是，广玉兰春末夏初开花，叶子四季常绿。

这几年我们的城市绿化越来越好，广玉兰也越来越常见，很多路段都用它来做行道树。有人用"姿态雄伟""叶阔荫浓"来形容它的树姿，倒也恰如其分。博物馆、图书馆前，也植着高大的广玉兰，树与馆，同处闹市之中，同样很沉静，气质很相合，这种搭配，实在巧妙。

喜欢了，自然越来越在意。从 5 月到 7 月，总会偶遇它幽幽的香。即便在浓稠的夜色里，不用看，也知道它的存在。借着路灯的光，可以看到一朵又一朵的花儿高高地立在枝头，在茂密的绿叶之中闪着玉质般的青白。

我还是更喜欢叫它荷花玉兰，喜欢它荷花似的花朵。看的多了，有时也会想把那洁白柔嫩的花儿摘下来，揽入怀中，拥有它的芬芳。爱极了，却是不忍，不忍伤害它的高贵、美丽和清纯。只是默默地、一次又一次仰望、寻找，寻找隐匿在树叶间的白荷花，每找到一朵，都是一次惊喜。

荷花玉兰开花有早有迟，在同一棵树上，有圆鼓鼓的饱胀到马上要破裂似的花苞，有盛放得如梦如幻的大花朵，有的开始一片一片地零落。风过树梢，

几片微微泛黄、厚实的荷花玉兰的花瓣掉落在地上。花落的声音，一如心动的声音，真的可以听得到。这种美妙，非荷花玉兰莫属了。捡起片片飘落在地的花瓣，让手上心里都沾满它的香——比百合花淡一些，比荷花浓一些——它自有自己的独一无二。

花瓣凋谢之后，它的"心"还在，挺立在枝叶间，再一次成长，直至成熟为一个果实。果实刚开始是淡黄色的，有点像缩小版的菠萝，慢慢变成粉红。果皮逐步裂开，一粒粒鲜红的种子会探出小脑袋。随着果皮渐渐干枯收缩成灰褐色，种子也会一个个挣扎着逃离。这时，看起来像皱巴巴的小松果，只是荷花玉兰的种子可比松子夺目多了，像一颗颗南国红豆，红得耀目，红得多情。

看荷花玉兰，从冬到春，从春到夏，看到熟识，又超越了熟视无睹，有花时看花，无花时看果、看叶。还记得一场大雪之后，荷花玉兰的叶子格外青翠，满树的雪，仿佛变成了满树的花。那一刻，我不再只爱它的花儿，也爱上了雪中依然不落的叶。

相遇朝颜最美时

自身若有光芒，怎么藏都藏不住的。于千万片叶子之间，一眼就望见那朵明亮。

清晨相遇，应该是它最美丽的时刻。不只是美丽了自己，还点亮了一片草丛、一棵枯树。无论栖身在哪里，无论藏在哪一个叶片之后，它都捧出自己的小喇叭，对着太阳说话。

连续几个早上，都很早到单位，只为看到它的盛开。院子里一条小路的两侧，长满了蓝紫色的牵牛花：有的向树而生，有的委身草丛。

因为牵牛花总是清晨开放，午后至傍晚开始收拢、闭合，所以又叫朝颜。也因为它总是凌晨四五点就开，是一种勤劳的花，还有一个有趣的俗称——勤娘子。至于为什么叫喇叭花，看看花形，就一目了然了。它的花朵有大有小，颜色有紫、蓝、粉、白、紫红、紫蓝等很多种，也有混色的，花瓣边缘变化无穷。

牵牛花名字的来源，有很多种说法。我觉得最浪漫的一种是与牛郎织女有关的说法：天上的牛郎星与织女星相会的时候，也是牵牛花开得最美的时刻。在我看来，点缀在绿叶之中的牵牛花，就像夜空中的小星星。一朵一朵地仔细看，无论什么颜色的花朵，都可以因为花瓣颜色的浓淡不同，看到星星一样的花纹。看到牵牛花的芯里，它淡淡的蕊，之于花朵，也是一颗颗明亮的小星星。

朝颜，是我最喜欢的名字。与朝颜相对的，有一种花叫夕颜，指月光花，也是葫芦花的别称。因它黄昏开花，凌晨花谢，无人欣赏，常常被看作薄命花，很悲情，是一种易碎易逝的美好。相比夕颜，朝颜这个名字就充满了一种朝气蓬勃的力量。这种一年生的缠绕草本植物，有着柔柔的藤蔓，吹弹得破的花瓣，骨子里却蕴藏着一种不屈。不管它的青青柔蔓是努力地向上攀爬，还是匍匐在地默默生长，都会永不言弃地开出一朵朵花儿。其实，不管朝颜还是夕颜，不管它们被代指什么含义，都各有其美，无可替代。易逝，哪一种花开没有花落呢？相比于苍茫宇宙，又有什么不是一刹那的存在？

存在着，就欣赏着存在时的美好和快乐吧。你看，一粒不知道什么时候被遗落在花盆边缘的种子，也会带来一个意外的访客，当它吹起自己的小喇叭，生活里一下子就多出许多快乐的声响。

家中阳台上的花盆里，换土时带来过牵牛花的种子，有一天一下子开了五朵。它穿越了阳台上的铁栅，在绵密树叶的缝隙之中，向着阳光生长。绿色的缠绕，柔软了坚硬；粉嫩的呼唤，温存了一个清晨……

还有一次，见到一朵被摘下来弃置一旁的牵牛花，叶子和花儿都是垂头丧气的。捡回家，放到水里，过了一会儿，花与叶都舒展开来，水灵灵的。那是一个晚上，我打开了屋子里的灯，水中的朝颜也许是因为水的滋养，也许误以为又一个清晨来临，它打开了自己，让我在那一刻拥有了一种微小而确定的小幸福。也是那一刻，我为它丝丝缕缕的缠绵打动，感觉它虽然柔到易逝，美到虚幻，却倾尽一生在书写，书写暮光中永不散去的容颜，生命中永不丢失的温暖。

曼陀罗的美与毒

曼陀罗，仅仅是这个名字，就让人感觉到一种神秘、玄妙的意象。

曼陀罗之名源自梵语，有"适意""悦意"之意，被视为天界的花，充满祥瑞，充满美感，充满神性和灵性。据《法华经》载，佛说法时，天空中就会开始下曼陀罗花雨。花雨，想想就美。还有一种传说，只有幸运的人才有机会见到曼陀罗花，看到花的幸运儿会得到无穷无尽的幸福。

在金庸的小说里看过这个花名：美丽的女子李青萝在自己的山庄里种满了曼陀罗花。哪怕自己的身份已经变成了王夫人，她还在四处寻花，种满庄园，只因心中深藏的段郎与她相识时，送过她一朵。她所居之处名为曼陀山庄，也是在纪念那不能忘却的青春和情感。

白色曼陀罗也确实有人称之为情花，用酒吞服，会使人发笑，有麻醉作用——人在感情的世界里，是不是也是这样被麻醉？曼陀罗又叫醉心花，是不是与此有关？曼陀罗还是蒙汗药的原材料之一。华佗做手术用的世界上最早的麻醉药"麻沸散"中，也有曼陀罗。

几年前在一个小区里，我第一次看到了真实的曼陀罗。它开着白色的花，形似喇叭，不过比一般的喇叭花要大很多，怪不得还叫大喇叭花呢。曼陀罗花有很多种颜色，但我至今只见过白色。这种白花曼陀罗还是花骨朵时，是细长的黄绿色。花瓣慢慢舒展开，半开时像五角形旋转的风车：上半部是纯净的白，白到圣洁；下半部透着浅浅的绿。慢慢地，它张开喇叭形的大花朵。花瓣的质地比喇叭花看起来坚韧许多，映着绿色的大叶片，有一种夺目的安然、耀眼的静谧。花瓣四周的尖尖，却让整朵花带着一种动感，仿佛随时都可以旋转出一种绰约和妖娆，一种摄人魂魄的迷人魅力。

后来在路边、河边又几次遇到曼陀罗。它看起来简单纯净、美丽超群，很难让人感觉到诡异和毒意。但是，它的花、叶和籽都有毒。不，应该说全株都有毒。就连结的果，都是一个刺球，种子尤其危险。在这世间，得有多少防备，才能让自己有毒有刺啊！曼陀罗就这样美与毒并存，将娇媚与恐怖、纯洁与邪魅、爱与恨，集于一身。

看起来洁白浪漫的曼陀罗怎么会愿意伤人呢？又有多少伤人是以自伤为代价？我愿意相信，它只是不得不防备，因为美。如果把它放在合适的地方，即便是毒，也可以物尽其用，就像麻醉药里的曼陀罗。

细究起来，李青萝爱花，却不懂花。她所种的曼陀罗，其实是无毒的山茶花。唐朝时有一部分地区将山茶花称为曼陀罗，明朝时山茶花的别称是曼陀罗树。再后来，因为曼陀罗有毒，为了区分，山茶花就不再叫曼陀罗这个名字了。在我的感觉里，有毒的曼陀罗更像中了情毒的李青萝。这个痴情的女子，深情被辜负后，也让自己活成了一朵曼陀罗，美丽动人却带着剧毒。靠近她时，会被

迷惑，但也会中毒。

　　说来真是妙不可言：这种美丽却有毒的花，不仅开放在人世间的爱恨情仇里，还开放在佛家的慈悲善意中。

　　在玄奘所译的经卷中说："天华中妙者，名曼陀罗。"也就是说，天界之花中最奇妙的、最美妙、最玄妙的，就是曼陀罗。

　　不止如此，它还开放在佛祖的微笑里。佛祖拈花，所拈之花是什么花？一说是优昙婆罗花，还有一说就是曼陀罗花。当然，这些都只是传说、据说。佛祖拈的究竟是什么花？迦叶究竟为什么微笑？这个故事是真是假？

　　这些问题有必要细究吗？这些疑问重要吗？又何必如此执着于一朵花的名字呢？无论什么花，都是佛祖手中的一朵花。重要的是看到花儿时的那份喜悦，会心一笑时的那份默契相知。还是弘一法师说得好："而今得结烟霞侣，休管人生幻与真。"

夏花绚烂是凌霄

　　紫藤走远，蔷薇落幕之后，好像是刹那间，凌霄花就爬满了墙，攀上了架。当然，它肯定不是一瞬间开放的，只是我在夏日里的某一个时刻蓦然惊觉，凌霄花已然走到了生活的高处，每一朵花儿都开成了一个靓丽、欢乐的小喇叭，吹奏着夏日的心曲。

　　夏天里的花儿有很多，但每每看到泰戈尔"生如夏花之绚烂"的诗句，我总是想起凌霄花。也许是因为它开花的时间长，整整一个夏天，甚至绵延至秋，都可以看到它的繁花艳彩；也许是因为它随处可见，庭院、景区、公园、路旁，无论走到哪里，都可以看到它在滚滚热浪中释放着自己的明媚；也许是因为它的色彩当得起"绚烂"二字，因品种不同而颜色各异，以大红、橘红、橘黄色为主色调，热烈奔放地开遍华夏大地。

　　其实最初对凌霄花的印象不是太好，因为学生时代读过的舒婷的诗句："我如果爱你，绝不学攀缘的凌霄花，借你的高枝炫耀自己。"站在家属院里一棵即将达到楼顶的凌霄花前，看到它已然覆盖了七层楼房的一侧墙面，才真正将它还原成植物去看，觉得攀缘就是它最本能的力量，并被这种力量深深打动——在没有什么高枝可以借助时，它依然紧紧地抓着墙壁，不断地攀缘，攀缘，不断地超越自己，上升，上升，直至抵达楼的顶层。没有感觉到它在炫耀，只看到它枝干虬曲多姿，根根藤蔓交叠，层层绿叶蓬勃，串串花朵错落。清风过处，枝叶轻摇动，花儿也随之微微颤动。不由心动，当然不是因为风动。循着跌落的花朵，可以看到它深深扎在泥土里的根。此情此景，生出与清人李渔同样的感叹："藤花之可敬者，莫若凌霄。"

　　关于凌霄花名的由来，《本草纲目》说得很明白："俗谓赤艳曰紫葳葳，此花赤艳，故名。附木而上，高数丈，故曰凌霄。"凌霄的别名还有很多：紫葳、上树龙、藤萝花、五爪龙等。"苕之华，芸其黄矣""苕之华，其叶青青"，随意一翻《诗经》，便可望见一片橙绿相映、花随风动。这里的"苕"，也是指凌霄。

看同一朵花，从它的正面、侧面、背面去看，肯定是不一样的。同样，从不同的视角来看凌霄花，也会有不同的认知。白居易写过一首《咏凌霄花》："朝为拂云花，暮为委地樵；寄言立身者，勿学柔弱苗。"看得出，他不喜欢凌霄花的依附。但宋朝宰相贾昌朝却从凌霄的依附里看出了谦逊而不居功，赋诗赞颂它："披云似有凌霄志，向日宁无捧日心。"陆游却从凌霄的热烈里写出一份禅意："满地凌霄花不扫，我来六月听鸣蝉。"明朝一诗人也借花书写着隐居世外的闲情："洒面松风吹梦醒，凌霄花落半床书。"

苏轼贬官杭州知府时，经钱塘西湖诗僧清顺所居藏春坞，见门前有两棵古松，各有凌霄花缠绕其上，他写下词句："疏影微香，下有幽人昼梦长。"不

管古松和凌霄花还在不在，词句中花儿的疏影一直在摇，微香一直在飘，白天躺卧在浓阴下的那个诗僧一直一派自然……

我没见过攀缘古松的凌霄花，但在中岳庙见过攀缘着 2500 岁的古柏生长的凌霄。那些围绕着古柏根部的花儿，虽说没有爬到高处，也没有想着炫耀自己，却也依然灿烂。这种感觉，很像老墙古檐之上的凌霄花，将古老与生机、厚重与绚烂融于一体，真真是植物的神来之笔。

既是自然的生长，又是自然的画作；既是攀缘，也是超越的本能；既是依附，也是向上的谦逊；既有花开的热闹，又有花下的静谧……凌霄花以多姿多彩的生长状态和精神意象，展示着它的另一种绚烂。

它的绚烂，就在身边的生活里。爸妈所住家属院的公共区域，有一个开满凌霄花的长廊。凌霄花还没有凌霄的时候，爸爸一次次地把匍匐在地的花儿扶起，让它攀上廊架。如今，这些花儿已凌霄，对着天天散步途经它们的爸妈微笑。

飘过夏天的蓝雪花

　　第一次知道蓝雪花，是几年前同样热爱花草的朋友霞发给我一张图片，留言："很可爱的小花，有你的名字哦。"查阅了一下，我惊喜地回复："蓝雪花，别名蓝花丹、蓝雪丹，竟然占尽了我的名字。"霞说："本来就挺喜欢这个小花，因着这个名字，更喜欢了。"感动，她可以因为一个叫雪丹的人，更爱一朵名叫蓝雪丹的花。我喜欢雪，喜欢蓝色，真好，这花儿都有。相信这世间总有一种花和一个人天生有缘，为人深爱——只是不知会不会于千千万万种花草之中遇到。很庆幸，我有一位知己，引领这次美丽的相遇。

　　和蓝雪花真是一见钟情，除却名字带来的天然的亲切感，还有一种骨子里透出来的亲与近。我喜欢花，却很少养到花开。桌上一直更多的是绿叶植物，比如绿萝和吊兰。见到蓝雪花之后，一直想拥有，却又不敢，总怕自己的爱变成致命的伤害。看了又看，拗不过自己，还是在一个暮春时节网购了一棵。没有想到，它一来，就带来一场蓝莹莹的花开。除了浇点水，我并没有给过它什么特别的关照，但它还是不管不顾、无怨无悔地开了。一直以为，自己只能养叶，不能养花。蓝雪花却不这么想，它颠覆了我对自己的认知。也许，这就是人与花的缘分吧。

　　与我有缘的这棵小苗，在我的办公桌上边生长边开花，阳光一次次穿过它的花瓣，直抵我的心上。经过炎热的夏，到了凉爽的秋，蓝雪花竟然还是一次次笑靥成花。到了年底，它已开枝散叶，长成很大的一株。

　　面对桌上的蓝雪花，自然会不自觉地关注它。它的花朵长得不像雪花，"凡草木花多五出，雪花独六出"。五个花瓣的蓝雪花又怎么能和"六出冰花"相提并论？大概因为它们气息相通、气韵相融吧。蓝雪花的花儿是清清淡淡的蓝，自带清新高冷，花瓣轻轻柔柔的，摇曳在柔软的枝头，自有一份超然的飘逸。

真正地看到蓝雪花的心里去，是去年。这一年，因为膝部受伤，经历了一个漫长的修复期，同事把蓝雪花给我捧回了家。于是，我有大把的时间用心地凝视它，品读花朵的心事。而这一年，我的蓝雪花也开得格外动人——因为我差一点失去它——经历了一次虫害，几近枯萎，又一次死而复生。"向死而生的意义是：当你无限接近死亡，才能深切体会生的意义。""一朵花的美丽在于它曾经凋谢过。"再看海德格尔的话，便有了更深切的体会。

　　为了让蓝雪花感受到自然的风，我把它放在阳台上。家住二楼，楼下院子里有两棵树，一棵银杏，一棵梧桐，都长得枝繁叶茂，阳台上的花儿就很难见到阳光了。该长大的紫茉莉一直娇小玲珑，该开花的风雨兰一直沉默不语，其他的花儿也越来越弱不禁风……只有蓝雪花，抓住难得一见的阳光，对着整个世界微笑：一枝缀着花朵的枝条从栏杆里探出身去，叶片和花朵都惊喜得闪闪发光，好像它独自拥有着这个世界上唯一的太阳。在钢筋水泥的丛林里，因为

有它，心里又多出几分柔软。为它高兴，它的花朵可以自由地呼吸了；也为它难过，它的根还在一个狭小的空间里。

被拘囿的蓝雪花还是开了一茬又一茬。虽然因为阳光不足有点孱弱，却始终铆足了劲地绽放自己，下了一场又一场蓝色的雪。我也一次又一次地看它的花开：一开始，枝头一串串绿色的小花苞在绿叶间并不显眼，仔细看，会发现花苞上有细细的绒毛，慢慢地，花苞会变长，变饱满，然后咧开嘴儿，露出一点点的蓝，之后蓝色开始一点点地向外伸展，开始是细长，舒展开，就是蓝色的花瓣。那种蓝，不浓也不淡，是恰到好处的蓝，均匀柔和的蓝。循着花瓣清晰的脉络和皱褶，可以看到它曾经深藏、盛开后又一览无余的芯，那么柔，那么软，那么洁白，那么清澈……虽然在炎夏里这淡然的小花会让人感觉到清凉，但我并不觉得它冷——有些冷，只是没有看到它的暖。说它高冷，也只是在赞美它的气质。

蓝，雪，每每念出这两个字，都觉得这种相守似是一种命中注定的缘分。它陪了我那么久，花开了那么久，甚至中间经过一个多月的沉寂，到了11月，又挥洒出一串花朵向我告别，带给我一串意外的欢喜。在那漫长的阳光不足的日子里，蓝雪花给了我最沉默、最长情、最相看两不厌的陪伴，让我觉得不只是我爱花儿，花儿亦爱我，让我感知到有一种情感叫不离不弃，有一种花开叫不辜不负。

打心眼里感谢蓝雪花，这么用心用力地、始终不渝地陪着我，伴我走过那些足不出户的日子。它让我深深懂得，脚步无法抵达时，思想可以飞翔。总有一种方式，可以感知美好、抵达自然……

当菇茑变身香姑娘

在中原地区的超市里，它是水果，名叫香姑娘。周口乡间，更多地叫它"香不留"。

在我的记忆里，它是伴随我长大的一个玩物，叫"姑鸟儿"。其实，这是我童年时对同音想象的偏差，正确的写法应该是菇茑，是它在东北的名字。直到刚才想写，却不知究竟该怎么写，才查出来。

这一查，才知道它的学名叫酸浆，果子总是比它的小花夺目。或者说，不结果时，它就是一棵很容易被忽略掉的草儿。每个圆润的小果子都像一个个圆

泡泡，又都有个像灯笼似的薄皮的罩，悬在茎上，像一盏盏明亮的小灯笼。因形而得名吧，故被称泡泡草、灯笼果、灯笼草。北方还有对它很口语化的昵称：也叫菇娘、菇蔦儿、姑娘儿。据说，野生的果子成熟时，外边的薄皮为红色，故称红姑娘。刚摘下的红姑娘又酸又苦，可能是学名酸浆的来源。放一段时间，会可口些。人工培育的品种叫黄姑娘，果子成熟时外边的薄皮为淡黄色，摘下来就可以吃。

对它的记忆，还停留在我的小学、初中时代。那时，我在黑龙江一个叫牡丹江的城市，漫天的大雪，是最深的记忆。我不知道这小小的浆果也一直在记忆深处蛰伏，只知道每次看见就想买。每每买回，无论味道是酸是甜还是涩，都会有一种深深的满足感。

前几天去超市看到它，有偶遇的惊喜，也有淡淡的怅然若失。究竟失去了什么？是邂逅的地点让它失去了记忆中的野趣？是攀升的价格让它失却了原本的朴拙？是肥硕的身躯让它失去了本来的面目？反正，它已不是我记忆中的样子。记忆中，它是娇小玲珑的、路边的、没钱的小学生也可以买得起或是有办法找到的。记忆中，它不仅仅是用来吃的，更是用来玩的，是小姑娘们掌中和口中的宠物。记忆中，它是有声音的，可以含在口中吹出声响。还记得课堂上老师发脾气，就是这响声。

当然，要出声，是要经过小姑娘巧手制作的，这大概是它还叫姑娘儿的原因吧。我还大概记得制作的过程：选择还未完全成熟的菇蔦，从果眼里一个个地挤出种子，一点点地挤出果实中的瓤，余下的一层"外衣"就可以吹出声音了。说着简单，做起来可不容易：要在挤出种子的同时，保持果眼不破损，要不，声音是吹不出的。这就要考验姑娘们的耐性了：先要放在手心里，揉啊、搓啊，让果实变软；再揉啊、捏啊，尽量让果皮与果肉分离；之后再一粒一粒地从小小的果眼中往外挤出种子，越挤越小心翼翼，越挤越战战兢兢，唯恐后面有失误，白费了前面的功夫。玩儿也是考验人的许多能力的。怪不得，许多会玩儿的人，更会学习、会生活。

面对现在的菇蔦，我一点儿也没有制作的愿望了：眼前的菇蔦，不，它已华丽丽地变身成香姑娘了，个头实在太庞大了，种子太饱太满了，它的外衣，看起来又那么脆那么薄。看样子，现在的它只具食物的品相，不再有玩具的特质了。也许，这些都是借口，最重要的，此时，我已失去了玩儿的心境和能力。

更喜欢菇莨在大自然里自然地舒展，在野外遇到，看黄绿色的小花和那一串串小灯笼在叶间随风摇动，感觉那才是它最快乐的样子。就像一个人最好的状态：保持最自然的样子，做一个永远长不大的孩子，同时又在最自然地成长。

真是心有灵犀啊，在我写下上面的文字之后，收到一个包裹，黑龙江寄来的，箱子上写着"菇娘"——不用问，我就知道是初中时的同学、朋友、知己卓环寄过来的。她同时寄来满满一大箱童年和少年的记忆，还有许许多多关于东北的回想。她就是我与牡丹江这个城市之间的连接。多少年了呢？我们都陷在各自的生活里，很少见面，甚至很少说话。但我们也会为了说话千里迢迢地相见，每次见面，都有说不完的话，似乎我们之间从来不曾隔着几千里的距离，隔着几十年的时光……

剥开菇娘，一个又一个，也一次又一次剥开记忆，回望年少时光。香甜，真是香甜。剥过小果子的手上，都是香甜的味道，久久不去。原来，让人怅然若失的不是菇莨变身香姑娘，只是时光的消逝。这远方而来的菇娘，却让我看到两个永不长大的少女，一直手牵着手，自自然然地成长。

柔美多情的茜草

"茜"这个字和草儿联系在一起时，读"倩"这个音。"倩"有美丽之意。茜草也的确是一种很美的草儿，也和"倩"这个字有关："茜，一作蒨，方茎，蔓生，叶似枣，每节四五叶对生，至秋开花，结实如小椒。"茜草还是一种历史悠久的植物染料。"茜"这个字就有红色的意思。茜草根所含茜红素，是天然的植物，自古用作红色染色剂。

茜草是随处可见的。春天时，在单位院里看到一棵新生的茜草，印象很深刻：它柔软的茎攀上一棵大树，节间生出几根长长的叶柄，新生的叶子是长的心形。一节一节努力向上的嫩绿映着树干深褐的坚硬，愈发让人看到它的柔美。茜草淡淡的黄绿色的花开得很微小，如果不注意，甚至发现不了。发现了，就像听到它一串串轻柔的笑声。

看起来柔柔弱弱的茜草，生命力却是极强的，每一棵都可以向四面蔓延数尺，也可以与各种草儿纠缠在一起而照样开花结果。在它看似柔弱的身躯里，究竟怀揣着怎样的坚韧和强大？当强大以柔弱显现时，是不是更强大？它甚至强大到让农民头疼——长在庄稼地里一棵如果不及时处理，来年就会变成一大片；在拔的时候，一不小心还会受伤。

原来，看起来温柔秀美的茜草摸起来却是粗糙的。仔细看，会发现它纤细的茎和叶柄上都有毛茸茸的小刺，怪不得又被称为锯锯藤、拉拉秧呢。但有趣的是，它会伤你，也会帮你，因为有刺的它同时又是民间的止血良药。所以，茜草还有血茜草、血见愁、活血丹的别名。

茜草的花语是"爱的呵护"，愿意与你分担伤痛。这伤人的小草，竟然还如此多情。追溯起来，它的多情已经绵延了近3000年了——茜草就是《诗经》里的茹藘。

"东门之埠，茹藘在坂。其室则迩，其人甚远。"东门附近的平地上，蔓延的岂止是茜草，还有对人的想念，可是那个人的家虽然离得很近，而人却像在远方。

"缟衣茹藘，聊可与娱"，诗人在"如云""如荼"的女子之中，独独钟情的是一位穿着素衣戴着红佩巾的伊人。那种得见所爱的喜悦如茜草，更行更远还生。

《红楼梦》中写到"茜纱窗"。这个"茜"字，也和茜草有关。在第四十回，贾母一行来到黛玉住处，发现黛玉的窗纱有点旧，便让换上一种名叫"软烟萝"的纱，其中银红色的那种叫"霞影纱"。黛玉和宝玉的窗子，糊的正是这种纱，远远看着，就似烟雾一样。"茜纱窗"就是指用了银红色的"霞影纱"的窗户。这个红色，我愿意想象成是茜草的根染就的。因为茜草本就是一种那么多情的草儿，像极了宝玉、黛玉之间的深情。

宝玉为晴雯做《芙蓉女儿诔》，其中有一句"红绡帐里，公子情深；黄土陇中，女儿命薄"，被林黛玉听到，说："咱们如今都系霞影纱糊的窗槅，何不说'茜纱窗下，公子多情'呢？"于是，他们推敲又推敲，就有了"茜纱窗下，我本无缘；黄土陇中，卿何薄命"。一篇诔文，已不知究竟为谁之谶，虽诔晴雯，而又实诔黛玉，难怪"黛玉听了，陡然变色"。宝黛之情，不可谓不深，深情又如何？借用脂砚斋的一句点评吧："慧心人可为一哭。"

　　说到多情，想起纳兰的"人到情多情转薄"，这话该怎么理解？是说多情的人用情不会太深？不同的人应该会有不同的理解吧：对一个渴望专一的人而言，往往会因为所看重的人对他人的多情而觉其薄情；多情的人，会因为对感情的看重与执着，不会轻易付出感情，而看起来很薄情。不管哪一种吧，纳兰接下来说"而今真个不多情"。情感的世界，是不是像茜草？伤人，也治愈人。

萝藦的从前叫芄兰

看到"萝藦"这两个字，感觉有无限意趣，竟不自觉地揣度，为什么是这俩字组合、缠绕在一起？

因为好奇，翻开了字典，一个字一个字地来看。原来，"萝"这个字指的是能爬蔓的植物。"藦"，这个字出现的唯一义项就是萝藦："多年生蔓生草本植物，叶子心脏形，花白色带淡紫色斑纹，果实纺锤形，种子扁卵形，全草入药。"看来，这俩字真是绝配。"萝"这个美丽字眼的出现，让人更形象地感知到草质缠绕藤本的柔美状态。

单位院子里就有一大片萝藦，最初几次对它小花儿的记忆是白色的，后来又发现新开的淡粉紫的小花一簇簇地聚合在一起，花瓣都是边缘蜷曲的五角星，上面是一层密密的白色茸毛，让整个花朵都看起来毛茸茸的。

萝藦的叶片是很好看的心形，有着厚实的质感、清晰的叶脉；如果仔细看，会发现它的叶子也是毛茸茸的，尤其是新生的叶片，可以明明白白地看到被一层白色的细小的茸毛覆盖。

掐破萝藦的茎叶，会有白色的像乳汁一样的液体流出来。看来，"奶浆藤"这个名字也不是白叫的。

萝藦的小花落下，结出的是小惊喜。有文献称萝藦为婆婆针线扎儿、婆婆针线袋儿，《本草纲目》中称它为"婆婆针线包儿"，应该都与它的果实有关："结实长二三寸，大如马兜铃，一头尖。其壳青软，中有白绒及浆。"剥开果壳，里面果然可见种子顶端长有白色丝状茸毛，像一根根银针，整整齐齐地在壳里排列着。不知古人是不是照着萝藦果实的形状制成了针线包？萝藦的小果子外形还很像古人用的一种打开绳结用的小工具"觿"，形同锥、似羊角。

萝藦在《诗经》里的名字叫芄兰。这缠绕在历史深处的藤蔓，细细品来，诗意绵绵，情意绵绵。

"芄兰之支，童子佩觿（xī）。虽则佩觿，能不我知？容兮遂兮，垂带悸兮。

芄兰之叶，童子佩韘（shè）。虽则佩韘，能不我甲？容兮遂兮，垂带悸兮。"

韘是用玉或象骨制的扳指，和韘一样，都是成人的佩饰；童子佩戴，是成人的象征。翩翩少年戴上了成人的佩饰，穿着宽大的衣服，垂着腰带，飘飘忽忽地从一个少女身边走过。他自以为已经长大，其实呢，不自知，也不知人，更不懂那个熟悉而又陌生的少女的小心思。一直关注着他却不被理解、不被亲近的女子，自然生出几分嗔怪：瞧你那自以为是的小样，你以为垂带飘飘就是潇洒了？哼。

这写在历史深处的朦胧的小诗，名字叫《芄兰》。朱熹说过："此诗不知所谓，不敢强解。"不敢强解，就不解吧。可以想象，只要找到与自己相同或相通的情感。

我愿意想象诗中是两个许久不见的青梅竹马的少男少女，芄兰枝上的果荚，像童子佩戴的装饰，"童子佩觿"又是什么样子呢？让人想起芄兰柔软的枝在风中摇摆。童子手上戴的扳指，让人想到芄兰的叶子，心的形状是像那个不谙风情的少男之心？还是像那个情窦初开的少女之心？每一个娇羞的少女都有像萝藦那样蔓延出去的隐秘心事，密密麻麻的茎叶缠绕在一起，像心里的疙瘩解不开，像心事纷乱如麻，盼着那个自己心仪的俊美少年能够懂得、能够解开，结果这个不谙世事、不解风情的大男孩虽然佩戴了一个专门用来解结的工具，却不懂得用它来打开一个少女的心结。

看到萝藦，还是会想起很久很久以前，在萝藦还叫芄兰的从前，有一种情感叫欲语还休。几千年过去了，芄兰还在，相同的情感还在。

每一枝荷都会寂寞地生与死

我是淮阳东湖里的一枝荷。在这片古老而阔大的湖面上，在挨挨挤挤的群荷之中，我探出尖尖的脑袋，渺小而卑微地活着。

湖中偶尔有蜻蜓飞过，鱼儿游过，鸟儿掠过，留给我更深长的寂寞。

夏季的每一天，都很长。除了在清风中摇曳，我不知道自己还能追求什么。

直到有一天，一个摄影师将镜头对准了我。他想记录一枝荷的一生，他选择了我。

他会将我短暂的一生化作永恒。

永恒，一个多么美丽的梦。有梦想，就有追逐梦想的热情。我想释放出自己所有的美丽和精彩。

可我不知道该怎么面对这个世界，对这个世界，我感觉陌生，但充满热爱。托尔斯泰说，生命的本质是爱，爱醒了，生命就醒了。我的生命就这样被唤醒了，对这个世界充满倾诉的愿望。我要用自己的影像对这个世界倾诉，哪怕说出的只是一个生命个体的微末感觉。

我用生命向他、向这个世界倾诉着。他守候着、记录着我的成长。

我明白"花看半开，酒饮微醺"是最美的境界。于是，我含羞带怯，欲放还收。虽然，他急切地期待着我的盛开。

我的羞怯终于在他的期盼中绽放成嫣红，每一个花瓣都张扬着我的喜悦和热情。我不知道自己恣意的开放是不是有些夺人魂魄，我只是从他闪亮的眸子里看到了惊喜，从他对我一闪再闪的镜头里看到了兴奋。

一天，又一天，就在他的相伴中匆匆过去。时间，怎么突然变得这么短？竟有些伤感，我知道盛极之后是什么……

最美的，是最易失去的；最动人的，会成为最伤感的。短暂的花期终会让我褪去娇颜，甚至，我没有患得患失的时间。

既然枯萎是一种不可抗拒的命运，那就只能将凋谢化作一道美丽的风景。

早上，我打开所有的热情去等候，用所有的激情去展现；暮色四合时，我收敛起热情，积聚着激情；月儿升起来了，我在温润的月光中梳洗自己的温润的心事。

下雨了。我脆弱的心怎么禁得起风雨？有瓣零落，伴着幸福和苦涩的泪。泪滴，像珍珠在叶面上翻滚。他将我的每一瓣凋零都拍得让人心痛也心动，将我的每一滴泪水都拍得剔透而晶莹。

我的心在颤抖。在心灵的震颤中，瓣瓣馨香悄然滑落。好在，有叶默默地托举着我孤独的飘零；只是，叶举不起我渴望永恒的梦。

好在，我生命的每一个过程，都伴着他深情的凝望。即便只剩下两片花瓣，他也能把我化成翩翩起舞的蝶……

我愿意等候着他每一次的到来。我在等待中焦灼，直至每一片花瓣都焦灼成灰。我无法抵抗命运拨弄的手，在爱的烈焰燃尽之后，花瓣烧得一片焦枯。

我让自己在等待中充实，把自己在等待中被揪扯得发紧的心胸化成坚实的蓬，孕成一粒又一粒的莲子。"莲子青如水"啊，我想，他终会把我的心捧在他的手心里，品味我蕴涵的清新和清香。我收起所有等待的酸辛，将等待的苦浓缩再浓缩，浓缩成一根细小的嫩绿的芽儿，藏在莲子的心中。真不想让他感觉到苦涩，可我实在没有办法去除这与爱相伴而生的情愫。

他会懂得我的心。但他不会知道，虽然我最美的开放只有几天，当花瓣凋零之后，我会将自己的心紧紧包裹，莲子可以埋在地层中千百年而不损，遇到合适的环境，还可以萌发爱的芽儿。

只是不知道，在多少年之后，我会发芽；也不知道，还能不能再次遇到他。今生的相遇已是前世的因果。如果有来生，还愿再相逢，告诉他，我是多么感激他为我今生定格的永恒。

我还想告诉他，我的名字很多，但我更想他能够亲昵地唤我的小名：水芝、水华、水芙蓉、玉环、玉芝、凌波仙子、水宫仙子……

我把他想象成那个痴情公子——我喜欢贾宝玉那执着的痴想。贾宝玉认定晴雯死后变成了芙蓉仙子，写下《芙蓉女儿诔》："其为质，则金玉不足喻其贵；其为性，则冰雪不足喻其洁；其为神，则星日不足喻其精；其为貌，则花月不足喻其色。"

我知道，他像贾宝玉喜欢晴雯的冰清玉洁一样，喜欢我的纯净，可他不会知道，从淖泥中脱身、洗濯，我经过了怎样的炼狱般的疼痛。

我只盼着，他也有份痴心对我，能够像国画大师张大千说的一样："赏荷、画荷，一辈子都不会厌倦！"

一辈子，多么温暖的一个词儿啊。有多少爱可以经得起一辈子的风雨呢？又有多少人从爱中逃离，又有多少人走进虚幻？贾宝玉不也终是"剃度在莲台下"吗？

莲台，大慈大悲的观音菩萨，就端坐在莲花台座之上，一手持净瓶，一手执莲花。

爱到痛时，真想斩断所有的丝，委身观音座下，听声声梵唱，看佛国净土里莲花处处开。

只恨自己没有那份超脱，甚至还超脱不出四季的轮回。

我在秋风中一丝丝地暗淡，一点点地憔悴，失却了鲜妍丰腴之后，也失却了挺立。

"荷叶生时春恨生，荷叶枯时秋恨成"，我没有李商隐的春恨、秋恨——有一种爱，就是可以爱到没有恨，爱到不能恨。即使青翠化作枯黄，即使在残枯中听雨，也不会让自己只有伤感。我更喜欢下一句："深知身在情长在。"

"爱走向美的极致就是死亡"，走到冬季，我也走到了"美的极致"。

没有花，没有叶，只有茎的简单书写。残照，是我的泪光。有鸟儿飞过，是他的回声。

他来了，走在东湖的岸边，风中的寒意也因此而变暖，夕阳下的东湖水闪着光，如同他在对我眨着眼睛……

他会在残缺中想象我曾经的完美吗？他会透过隐藏在焦枯枝干中的经络，看到我不屈的生命吗？

会的，他懂我。他记下我生命的精彩与凋零，就像《诗经》最早记下东湖的荷。

我不知道，身边哪一枝荷是从《诗经》里走来的。我只知道，每一枝荷都会寂寞地生与死——不管经过怎样的绚烂，得到怎样的眷顾。

经过了，就是缘分。存在过，就是美好。这，就是生命。

生命原本就是一个过程：有风，要过；有雨，也要过。有人看到自己的美丽，要走过；没人看到，也要走过。有人珍爱，会绽放；没人珍爱，也要绽放。

芦苇：水畔的思想者

在白露时节的颍水边，重读"蒹葭苍苍，白露为霜。所谓伊人，在水一方"，逆着诗歌的河流去追寻，只见蒹葭立在水畔轻轻摇曳。

蒹葭，指芦苇、芦荻。蒹，是尚未秀穗的芦苇类植物。《本草纲目》称，葭是初生的芦苇，开花前的芦苇为芦，开花结实的为苇。芦苇，又可称芦、苇、苇子、蒹或葭。

如果说颍水是周口这座城市的血脉，那芦苇就是水畔的一个思想者，倾听着小城的脉动。颍水之畔，怎少得了苇的身影？

循着苇的目光望去，那坚硬的钢筋水泥桥，都多出几分柔美的韵致。更何况，它的存在就是一道最美的风景。它没有想成为风景，可它对着水波思想的样子，就是一道风景。无论苇茎还是叶片，随随便便一伸一展，都是最最自然的语言。不管新生还是白头，嫩绿还是萎黄，都书写着一种大美，在天地之间。

别管天空是蔚蓝还是灰暗，它只静静地待在水边，任风云、季节悄悄地变幻。它的存在，就是一种诉说，不同的身姿，就是不同的语言。它一直在说话，对这个世界，以静默的姿态。青葱或枯萎，挺直或弯曲，摇曳或静止，甚至芦花飞尽，只剩下杆与叶，依然满身的哲与思……没风时，它安安静静地做自己；有风时，安安静静地做风中摇曳的自己。既然是会思考的芦苇，风多大，都不影响思想的安静。这看似瘦弱的苇，随风而荡，却止于其根，飘逸随性又知止，一种多么有境界的植物。

秋风起时，芦苇柔韧的枝头摇出白绒绒的芦花，摇出花非花、雾非雾的诗情画意。我一直相信，芦花是有神的。每一丛、每一枝都有。一丛有一丛的神韵，一枝有一枝的神采。一丛，是一枝枝的和声。我愿意站在一丛之旁，倾听一枝的独语。

喜欢芦花，好像在自己意识到喜欢它之前就已深植我心了。在什么时候呢？应该很早，早到自己也不知道如何早。从有网名开始，就叫"芦花深处"。至于为什么想到这个名字，说不明白。为什么从小就那么喜欢芦苇？也想不清楚。想不清楚就不想吧，人的哪一种思考，芦苇都可以会意。我相信人与植物之间有着一种天然的联结，也许在我认识它之前，它已知道了我。

喜欢在颍水之畔寻找芦苇，常常在一个地方停下来——颍水温柔地在那里转了一个弯，像一个妩媚少女摆动柔软的腰肢——在这里停下许多次之后，才意识到让自己停下脚步的，是同一个地方，是那几丛芦苇。不一样的年头，一样的相守。还是那水，还是那苇，还是一样的走过……

几年前，我无数次地拍这几丛芦苇，以至于有朋友在微信里笑我："还是芦苇！"我笑答："别笑，别笑，又是芦苇，以后，还是芦苇。"她说："尽管你总是拍它们，每次看到的却都不一样，感觉也不一样。"我答："是的，

很多次拍这几根芦苇，不同的时间、不同的天气、不同的心情、不同的视角，而它们，也总是不一样。"朋友特别有悟性："要不，画家永远画不出同样的画？人生貌似在重复，但是又没有重复，每天都有不同……"是啊，我们看到昔日的苇，又非昔日的苇。此时一去，便是彼时。彼时之苇，已非此时之苇。什么都在改变，包括那些我们以为一直静止的事物，一年又一年地看着芦苇在季节里的变幻，就是最好的证明。芦苇之于"芦花深处"，应该像莫兰迪的几个瓶子之于莫兰迪。即便爱它一生，又如何？

面对芦苇，总有一种无法言说的深情，它总是用自然的姿态就打动我。我会一次次停下来，看在风中逍遥的芦苇，想看到它的骨子里。

芦苇的骨子里，应该是空的。如果苇秆不是这样的空，还能用来编织、造纸吗？还会有那么多用途吗？如果不是空，芦苇还会思想吗？空茫、空渺、空寂、空灵、空幽、空无、玄空、虚空、行空……芦苇是哪一种空呢？也许，空只是空。杯子因为是空的，可以盛水；屋子是空的，可以居住；心是空的，才可以思想……老子说过"虚其心"，也是要让心空下来。空，才盛得下自己，看得清自己。装满成见的心灵，自然都是一厢情愿的成见，而不是思想。

看，这水边沉思的芦苇承载着多么深的文化，愿颍河畔多一些它陷入沉思的身影。

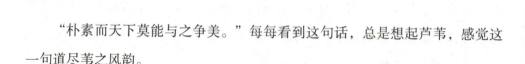

游走的苇

"朴素而天下莫能与之争美。"每每看到这句话，总是想起芦苇，感觉这一句道尽苇之风韵。

我曾一次又一次在上下班必经的颖水之畔看芦苇、拍芦苇。春天来临，能从枯萎中看到新生。之后，那些新绿在走向夏天的路上一点点长高、舒展，吐出白绿色、稠密下垂的小穗。后来，那些嫩生生的花穗在秋风里一点点变了颜色，直至白了头。即便是冬天里枯了枝、败了叶，芦苇也是一样的寂静、欢喜，在阳光下，寒中自有一种暖……翻开几年前的朋友圈，发现有很长的一个时期总是游走在芦苇之侧，会跨越时间、跨越空间，在各种情绪里倾听芦苇。在写下《芦苇：水畔的思想者》之后，还有很多有关芦苇的思绪在游走，不记下来，就停不下来。

曾在一个大年初三去看望这些老朋友，心疼几丛被烧焦的苇："但愿春天还在它们的根脉里生长着。"

春日晨起看苇，透过苇，看天色一点点亮起来，心里很高兴："被焚烧过的芦苇，照样有新生，照样迎着初升的太阳……苇叶上，露珠滚动；露珠里，盛满阳光。"

遇到一枝低头的芦苇，和一枝仰面的芦苇，记下："这世间许多事，不过就在俯仰之间。"

看到两枝纠缠在一起、两枝各自独立的芦苇，我写："缠绵，有的是没有距离的纠缠，有的是保持距离的相依。"

曾记下芦苇干枯成调皮的姿态："一枝跷着二郎腿，趾高气扬的苇。"

也曾写下芦苇的孤寂："苇的影子，还是苇。临水自照，真的可以看清自己吗？那影，可以映见自己的灵魂吗？"

秋天里，感觉到芦苇对这个世界的深爱："才几天不见呀？就变了颜色。不是把心放空了吗？怎么还会像一夜白头的女子，把整个秋天都放在心上？"

久久地凝视芦花之后，写下："深入到芦花的灵魂里去看，竟没有看到瑟瑟的秋意，倒是看出了春的柔暖。再看，再看，那分明是初春柳枝的脉络和姿态。"

看到有的芦苇全然绽放，有的还在含蓄地思索，生出一些以芦苇为原点的飘飞思绪："这是我的秋天，也是你的秋天，有谁能抗拒终归要来的秋天？又有谁能躲得过冬雪的覆盖？当然，也没有谁可以没有梦，有关蔚蓝，有关轮回，有关春天……"

就这样，像芦苇在季节里的轮回，我也一次又一次地重复自己、重复生活。偶尔会有一次，跳出眼前的生活，再俯瞰曾经，像一枝游离的苇。

在银川水洞沟景区的芦花谷，到处都是芦花。虽然所在的团队一直在赶路，我还是拿着手机看也不看地对着芦苇一路狂拍，后来再看，发现盲拍了几张水

墨画一样的芦花。从银川机场坐车去酒店的路上，两边就有许多芦苇，让我一踏上这片土地，就有一种似曾相识的亲切。

其实，后来又走过几个长满芦苇的地方，在哪里遇到，都有一种天缘巧合般的亲切和喜悦，都会心动。一眼望去，它们还是重复生活的一部分，似乎已经重复到麻木，重复到苍白。没办法，游离的苇，它的根，还是在原地。心里有苇，跳出眼前的生活，眼里还是有苇——那无处不在的芦花像一场铺天盖地的大雪。人就是这样重复着自己、重复着生活，在重复中深陷，直至在重复中离去，又在重复中重生——只是所在的地点不同，而已。可是，还要在重复中找寻着不重复，要对自己大声呼喊：太阳每天都是新的，月亮还是会圆的……只要心脏在跳动，只要热血在沸腾，只要生命在呼吸，就会有对重复的逃离——哪怕，只是周而复始。

冬日里的淮阳东湖，彼泽之陂，细雨中，有蒲与苇，干枯成万种风情。远的、近的、疏的、密的，是苇，在风中、在雨中站成姿态各异的风景。一枝，像远远地翘首凝望；两枝，像前与后、生与死的追随；横斜，有着旁逸斜出的无羁；柳下，有着与枝梢对话的亲昵；密集，演绎着一种凌乱的有序……一只小船守候在芦花深处，不知道守候了几生几世的样子，那么静，那么静。只有雨点一滴一滴地落在水上，落在船上。有一种感觉：只要你想，小船随时可以渡你——想去哪里，随你。或者，也不需要小船，去哪里，都只隔着一苇的距离。古人不是早已说过吗？"谁谓河广？一苇杭之。"

桂花，染香的不只是秋天

这个季节是香的。

有了桂花，秋天才是有灵魂的。

有了桂花香，秋天的美不再是静止的——不只有着丰盛的色彩和果实，还是充盈着生气的、可以流动的。怪不得有人说，香是美之魂。桂花飘香时，这个季节都为之生动。

花香，可以唤醒一个季节，也可以唤醒沉睡的人。秋天的一个早上，那么早，天还没有真正亮。醒来时，我还不知道，为什么会这么早就自然醒来。走出屋子，看不到白天人群涌动，只有清凉的空气里裹挟着阵阵花香。此时此刻，我相信人是可以被花香唤醒的。怪不得有人总结它的香气"浓、清、久、远"俱全，清可涤尘，浓能透远。

家属院的花坛和路边，有高高矮矮、层层叠叠的花草树木，哪个季节都有惊喜。路的两旁，种满了桂花树。一年 365 个日子里，说不清有多少天，我根本看不到它们，意识不到它们的存在，哪怕它们就站在我每天必经的路旁。是因为树上厚厚的尘灰覆盖了美好的想象？还是熟悉的地方没有景色？但每年总有一个时节，它们用心书写着自己的存在。不只是在清晨，也会在夜晚，它们用自己独有的方式发出呼唤，让我在香气萦绕的呼唤中停下脚步，看一簇簇密集的花朵在黑夜里闪着幽幽的光。面对它们吐出的幽香心事，我也会为自己曾经的漠然充满歉意。

香是无处不在的，行走在桂花香里，衣襟和心情都是沾满香气的。走着走着，脚步就慢下来、停下来，没办法，拗不过清香的挽留。没有香的指引，很难注意到它的小花：花瓣小，花朵小，米粒大的一朵，每朵小花都有一个纤细的花柄，聚在一起，团团簇簇地躲藏在绿叶和枝丫间。有花儿发白的银桂、金黄的金桂、橘红的丹桂，也有四季都会开花、香气稍淡的四季桂。这几种桂花中，丹桂不仅色彩夺目，香气也最是浓郁——银桂、金桂已经很香了，丹桂更胜几分。

桂花的香是可以触摸的——花开正盛时，摇上一摇，一场香香的桂花雨就会飘下，接着这场雨可以变成口中的茶和糕点，让柔和的香气在唇齿间缭绕。这美好的感觉让人想起那句：生活是会开花的。

进入秋天的桂花树，不只是香，还会香了一次又一次。大概是因为数量和品种都多，花期自然也是有早有晚，把一个秋季都染得香香的。甚至还有调皮的桂花会跨越季节，与雪相见。见雪不难，见桂不难，见到雪中的桂花，还是惊喜的。去年冬天，曾遇一缕冷香，至今想起，还记得雪中桂花香的那种清澈和冷冽：愈冷，愈清。

桂花树还有个很好听的名字——木犀，大概因木之纹理如犀吧。木犀树开的花，自然叫木犀花。这三个字，我喜欢。在李清照的《山花子》中，木犀花

是有感情的，它的香气是会安慰人的。李清照写下这首小词时，既有丧夫之痛，又经战乱流离之苦，再加上自己大病，看窗外的残月，翻枕畔的诗书，赏门前的风景，虽说"枕上诗词闲处好，门前风景雨来佳"，看似时光静好，却也是生死离别、背井离乡之后短暂的平静，离不开悲戚的底色。一个人看到的风景，大多是自己的心情。最后那句"终日向人多酝藉，木犀花"，淡淡一句，蕴藏的感情却不平淡。木犀多情，是因为人多情，才能看到它的多情。"酝藉"这个词儿，常让人想到有着渊深学问、温雅清淡风度的人，用来形容木犀微小的花儿，既让人感知它的含蓄内敛，只以幽幽的香气怡人，还可以让人感觉到花香的陪伴是可以带来慰藉的。

桂花的香，飘在几千年来的每一个秋天、每一个诗人和读者的心里：李白的"桂子落秋月"，李商隐的"桂花吹断月中香"，柳永的"三秋桂子，十里荷花"，朱淑真的"人与花心各自香"，李清照的"暗淡轻黄体性柔，情疏迹远只香留。何须浅碧轻红色，自是花中第一流"……太多了，这为历代文人所深爱的香气飘过来，是绵绵不尽的。

栾，心态最阳光的花树

草木有心吗？我愿意相信草木有本心——它们不需要想什么，只是存在着、美丽着，或者说，以自己独有的方式思想着。草木心，仅仅这三个字，就已美得让人心颤了，还想什么？

自然最接近一个人的灵魂。用一颗未被污染的初心与花草树木共情，可以感知草木的心事，明了它的萧然和热烈。

国庆前后，映入眼帘，闯进心里最多的，是色彩丰盛的栾树。每每看到，哪怕是阴雨天，都会觉得心境开朗明媚。在我心里，它就是心态最阳光的花树，因为只有自己阳光，才能给予别人阳光。

栾，又叫栾华、灯笼树，还有灯笼花、四色树、国庆花、金雨树等别名。

栾华，很容易想到它的华美。栾树的花语就是奇妙震撼，绚烂一生。它也的确用绚丽多彩演绎着自己精彩纷呈的一生，成为新一代行道树之王。

春天，栾树嫩嫩的红叶生于寂寂枝头；之后，叶片慢慢变绿；夏秋交替时，高高的枝头开满黄花儿，是万绿丛中最生动的色彩。花儿虽小，花序却大，一大簇一大簇地在树顶挤着，像给栾树戴上了一顶金黄的花冠，十分夺目。栾树树形高阔，须仰视才能看到在高处演绎的安静而又热闹的盛大花事。有风雨的日子，树下会飘落一层细碎的金黄，像下了一阵黄金雨——它有金雨树之名，真是形象又生动。

最初留意到栾树，就是因为风起时细碎的花朵窸窸窣窣地从枝头跌落，随手捡起一小朵：小小的花瓣向外反折朝下生长，花瓣中间吐出迷你的花蕊，基部的一点鲜红让人心动。小花虽落，艳丽的花儿还是给人温暖。在栾花面前，任何凭吊与伤感都显得那么矫情和短暂，只想轻轻地挥一挥衣袖，一任它来也自然，去也自然。何况，栾花飘落时，又一种"花"开放在枝头了，摇出一片"花非花"的旖旎诗情。

栾树的一朵朵黄色小花在秋风中慢慢变成一串串浅黄绿色的小灯笼，那是它薄脆的果实外壳。渐渐地，小灯笼的颜色开始变得缤纷起来：鹅黄、嫩青、粉红、橘红、深红……绚丽悦目地高高挂起。国庆节前后，小灯笼高高地悬挂于树枝间，一阵阵秋风吹过，挨挨挤挤的蒴果发出扑扑簌簌的声响，却怎么都吹不灭一个个小灯笼自

身的光芒。灯笼树、灯笼花、国庆花之名的来源，应该就是这样一目了然吧。

我喜欢看在同一棵栾树上一边开着花，一边下着花雨，一边结着果实。这种感觉很像人生，有得也有失，有喜也有忧，即便不如意事十有八九，还是要看那一二欢喜处。栾树就是那种每一个时期都会带给人欢喜的花树。它的花和果都如火如荼，浩浩荡荡出没在绿叶间，多彩的激情可以点燃一片湛蓝。仰望栾树的天空，怎不让人感觉到阳光明媚？那深深浅浅的小红灯笼一串串挂到深秋，会变成浅褐、深褐。斑斓的果实，也像一簇簇花儿，让人感觉栾树金黄的花冠变成了多彩。栾树的叶子，也在渐起的寒意里慢慢变黄。不管是叶还是果，或是花、果、叶一起来看，都当得起"四色树"这个名字的色彩变幻。

栾树细细碎碎的花朵、多彩丰盛的果实，在细细碎碎的日子里带给人绵密丰富的快乐。冬天的栾树虽然失去了秋天里丰盛的色彩，挂在枝头的干枯果实却蕴藏着一种无以言说的力量，在冬日的暖阳里熠熠发光。

栾树不仅美，它的花还可入药、可作黄色染料，木材能制器具，种子可以榨油，树叶荒年时可食，又能用作蓝色染料。栾树小灯笼里青绿色的种子——木栾子成熟之后，会变成黝黑油亮的圆珠。有人会把它打上孔，穿起来，做成手串，僧人也常把它穿成念珠。也就是这样心态阳光的花树，才能如此用尽全力，以自己的方式处处带给人希望和阳光吧？

拥有阳光心态的人，也会像栾树一样依从自己的本心去生活。卓别林在七十岁时写下：活着，不要违背自己的本心。不再牺牲自己的自由时间，只做有趣和快乐的事，做自己热爱、让心欢喜的事，以自己的方式、自己的韵律。

银杏树下黄叶飘

就坐在树下发呆，

看银杏的叶子，

从两千八百年前飘来……

几年前的一个七月，坐在一棵银杏树下，脑子里流淌出这样的句子。后来，每到树叶变黄的季节，朋友圈里飘着各地的银杏叶。每看到一次，就想起它一次，想象着黄叶飘落满地，一袭红色的袈裟立于树下，遥望远山……每一年都期待黄叶飘飞时能有机缘一见。我知道，它们一直静静等在那里，等候走到树下去仰望的每一个人。只是不知道，岁月究竟赋予它多少灵性，才能如此让人魂牵梦绕？

这是生长在平顶山市鲁山文殊寺里的银杏树，树上悬挂着"鲁山县古树名木"的牌子，标着树龄2880年。寺里共有五株古老的银杏树，前三后二，三雌二雄，有"世界树王"的美誉。银杏的枝叶遮天蔽日，感觉整个寺院都被一种古老清幽的气息笼罩着。

初见这些银杏树时虽是夏天，但在海拔一千多米的山上，古树下的石椅还是有些凉意。一位老法师拿着一个棉垫儿走过来说："凉，放上面吧！"那一刻，在这个小山村的小寺院里突然明白了什么叫慈悲。

还记得那天寺里很安静，我就静静地坐在树下，一会儿抬头看看参天的枝叶，一会儿低头看看五六人才能合抱的树干。很奇妙，我看到了一只蟾蜍，它栖身在银杏根部的一个小树洞。从我看到它开始，它就在那里。至少有一个多小时的时间，这只蟾蜍保持着一个姿势，一动也不动。能选择在这样的山、这样的寺、这样的树、这样的一个点上停留，这只蟾蜍该多有灵性？或者，这棵长满岁月灵性的大树带给它多少灵性？几次看它，那僵硬的姿势让我心生疑问：

难道，它已经在这里长眠？它所具的灵性竟可以解疑释惑：再一次望向它时，只有一个空空的树洞。蟾，还真是充满禅意。生灵，有生便有灵吧？一草一木、万事万物都有它存在的意义与尊严，对于生命，不能不去爱，不能不去敬畏。

看到一则新闻："陕西西安罗汉洞村观音禅寺内有一棵千年银杏树。近日，这棵一千四百多年树龄的银杏树下落满黄叶，像金黄的地毯铺了一地，来看落叶的人络绎不绝。"当时我就想起这几株两千八百多年的银杏，披上满身的金黄，是不是还可以保持静默？我相信，没有"络绎不绝"，落叶满地无人扫，它们肯定也不会寂寞。能够安然地藏在深山，又何尝不是一种幸福？

想起那个小和尚清扫落叶的故事：秋冬季节每一次起风，小和尚都要花费很长时间才能把落叶清扫干净。有一天，他起了个大早，猛摇树干，想让枯叶赶紧都落下来，一次扫干净。可是第二天，院子里依然落叶满地。想想，就是这样：落叶总会飘下来，无论曾经怎样用力摇动树枝；该发生的，什么也阻挡不了。再想想，落叶不扫是风景；扫去，还是会有树叶飘下来，依然是风景。安然地看眼前的风景，快乐地活在当下，就好。

看不到落在深山里的银杏叶时，就看自己窗前掠过的黄叶，看妈妈小院旁的银杏叶落在她种的青菜叶上，翠绿映着一枚枚扇形的金黄，让人感觉现实与远方原来可以如此完美地结合。

收回远眺的目光，不再贪恋遥远的风景时，会发现我们身边很多地方都栽种了银杏树，身边处处有风景，风景之中有文化。银杏树又名白果树、鸭脚树。关于名字的来源，李时珍是这样解释的："……叶似鸭掌，因名鸭脚。宋初始入贡，改呼银杏，因其形似小杏而核色白也，今名白果。"银杏是树中的老寿星。它生长非常缓慢，从栽种到结果要二十多年，大量结果需要40年后。这时间跨度，真是"公种而孙得食"，所以还叫公孙树。许多人对银杏的感觉都是不见其花，只见其叶、其果。其实，银杏也是有花语的：坚韧与沉着。只不过与叶和果相比，银杏黄绿色的花儿显得很低调。从花到果也要历经一个漫长的过程：春末夏初开花，直到国庆节前后，种子才会生长成熟。这劲头儿，还真是够坚韧、够沉着。

我还是更喜欢银杏的叶，绿荫蔽日时喜欢，黄叶满地也喜欢。也许是念念不忘，必有回响吧，心心念念想在银杏的落叶季去趟鲁山，还真有了一次机缘巧合的兑现。虽然去得稍晚了些，树上和地上的黄叶都已不多，但这一点也不让我感觉扫兴——因为还可以再来。落下的叶子也会一次次在春风里重生，又一次次在秋风里羽化成仙，成就一种灵魂的皈依。

坐在黄叶飘飞的银杏树下，神思也会飘飞：

喧闹的舞蹈与安静的沉思

出世的背影和入世的尘烟

在一棵树下

上演了几千年

两千多岁的银杏

承载过多少翅膀的停留

倾听过多少生灵的呼唤

一直无言

大树的年轮知道

每一季飘落的叶子也知道

驻留都是短暂

过往都是尘烟

被误解的鸡屎藤

花朵很小，像没有舒展开的小喇叭，花心紫红色，边缘白色，看起来玲珑而清雅。你能相信它的名字特别不雅吗？

千真万确，与美丽的花朵形成反差的，是它的名字：鸡屎藤。

也曾有人将其改为鸡矢藤。但更多时候，人们还是习惯称之为鸡屎藤，或者臭藤。

说起来，这名字委屈了花朵的美，却没有委屈叶子，因为它的叶片揉碎后，闻起来臭臭的，有鸡屎的味道。

但也有人说，揉烂后的叶子只是初闻有一股鸡粪味，久闻会有一股清香。

说实话，我在闻到香味之前，已匆匆丢弃了叶子。就这样，我和大多数人一样，委屈着、误解着鸡屎藤。

想来，世间许多人与事，就是这样被误解的：只被看到浅表，没有深究本质。

突然想起贾宝玉在晴雯被逐出怡红院时说："不但草木，凡天下之物，皆是有情有理的，也和人一样，得了知己，便极有灵验的。"说这话时，他想起春天阶下的一株海棠无故地死了半边。想到海棠的知己晴雯的命运，他又怎能不哭？

是啊，草木都有灵性。孔庙前的桧树是孔子的知己，诸葛祠前的柏树是孔明的知己，杨贵妃沉香亭前的牡丹是玉环的知己：它们都穿越长长的时光，默默地诉说着自己知己的品性和故事……

如果鸡屎藤早先遇到知己，也许会有另外的名字：清香藤之类。可是，藤有藤的命运，它无法左右自己的命运，更无法预知自己的命名，但它不会感叹生不逢时。

每一种花都有自己的名字，也有自己的语言。鸡屎藤的花语是什么？网上搜了一下，竟然是——"末路之美"。当然，这也是人的赋予。这人，是它的知己吗？这人应该懂得，即便是"末路"，它也会在这一段路途上，充分展现自己的美：即便全世界都误解，也要让自己开出一朵朵小花儿，从从容容、安安静静地走下去。其实，世间万物之于浩瀚的宇宙，谁的存在、谁的路程不是"一段"？

既然生命就是这么有限的一个过程，怎样才能将"有限"最大化？最有意义化？这种问题，草木不会去想。鸡屎藤只是默默地奉献出自己的叶、茎、花、果……全草入药，为误解自己的人类祛风活血、止痛解毒。

世上的事儿就是这么有意思：人们一边嫌弃着鸡屎藤粗野的名字、难闻的气息，一边除了将它入药，还把它做成了美食：鸡屎藤粑仔，还是海南的名吃呢，一种很好的滋补品。想想，是不是像极了人世间的爱恨纠缠、相生相克？

诡谲杠板归

杠板归，名字是不是很怪异？

其实，杠板归就是一种很常见的野草，路边、河边、灌木丛中等阴湿的地方，都有它的身影。它的茎柔软绵长，不结果时，只是柔弱地匍匐或依附，低调得让人几乎注意不到它的存在。秋天一结果，却又突然艳光四射，明媚妖娆。

杠板归的名字、叶子、果子，还有它的奇异多变，如果让我形容它，脑子里就冒出这样一串词语：离奇古怪、性情乖僻、行为怪诞……反正，它是一种常见的不平常的草儿。在我心里，它是变化多端、令人捉摸不透的。如果用一个词儿来概括它留给我的印象，那就只能是：诡谲。

杠板归是一种让人又爱又恨的草儿，因为它长长的浅紫红色或紫棕色的藤蔓虽柔却韧如铁丝，且生有锋利的倒刺，很容易被它刺伤。也因此，它又叫蛇不过、蛇倒退。杠板归的叶片也很奇异，是不多见的三角形，灰绿色至红棕色，下面叶脉和叶柄也有倒生的钩刺。肯定是因为它遍体生刺，所以又叫刺犁头、老虎利、老虎刺、猫爪刺等等。它三角形的叶子可以吃，酸酸的，所以又叫三角酸。

杠板归不光叶子形状奇特，它的托叶鞘更是别致。托叶鞘是指蓼科植物的两片托叶边缘愈合成鞘状，包围茎节的基部。一次雨中观看，那圆形的叶状托叶鞘，看起来竟有小荷叶的感觉。最奇特的是，它的茎直接从叶片中间穿出，因为这个特征，它还叫贯叶蓼、穿叶蓼。

夏天里，杠板归小小的花穗上会开出不起眼的小小的白花花、紫花花。到了秋天，绚烂的聚生小果一露脸，杠板归就开始容光焕发、夺人眼目了。成串的小果子初时青黄色，渐变成粉紫、紫红、蓝紫和各种深深浅浅的蓝，最后变成一串蓝莹莹的珍珠，透着一种妖艳和恣意。如果将果子用针线串起来，做成手镯、指环、耳环等装饰品，肯定有着特立独行的美。杠板归的小果子也是可以吃的，只是它的色彩透着一种诡异，给人的感觉是像是有毒。其实，很多地方称它"地葡萄",吃起来和叶子一样是酸酸的。它的种子是黑色的闪着光亮的小圆球,包在蓝色肉质的花被里,偶尔一粒露出来,闪着满身的诡谲之气。

单位附近的路边,曾经看到过杠板归。它被一片拉拉秧包围着,让人很为它的生存担心。一次又一次相遇,总会在拉拉秧蔓生的缝隙中,看到它的身形。看样子,在草与草的纠葛中,它可不是好缠的……

也曾在一堆砖石上发现一大蓬杠板归。有了它茎叶柔软的纠缠,钢筋水泥的丛林也多出几分柔情。

我还见过一棵缠绕在桂花树上、长在高处的杠板归,让人不仅可以清晰明了地看到它的刺,还可以看到它从花到果、从荣到枯充满魅惑的一生。最诡异的是,秋风渐冷时,只是几天不见,它便已老去。好像没有过程,没有等待,一副"你不理我,我就死给你看"的决绝。干枯的叶子还在,干枯的刺也在。杠——板——归,也许就应该是这个样子吧。

杠板归,这是怎样诡异的三个字啊!它为什么有着这样的名字?在众多传

说中，有一种比较常见：一个樵夫被毒蛇咬伤了，人们以为他死了，把他放在门板上准备去埋葬。他的一个医生朋友赶来，取出随身的草药敷在伤口上，还嚼了一些草药喂进"死者"的嘴里。不久后，病人苏醒过来。因这种叶片三角形、带刺的草药救人一命，门板还要扛回去，此后人们就把这种草儿叫"扛板归"了。后来，"扛"字又演变成"杠"。

只是个听起来似乎有板有眼的故事而已，看着好玩就行了，大可不必去相信它的药效会和名字一样神奇。但在中医里，杠板归真的是清热解毒的良药。它更著名的功效，还是治疗蛇毒。有人说它"棱角分明，救人无形"；有人说"身藏杠板归，吓得蛇倒退"。

杠板归，看似有毒却无毒而且可以解毒，看似柔弱无助却满身带刺让人难以接近，有着匍匐攀缘的低调却又有着色彩缤纷的张扬，有着沉默的寂静却也有着诡谲的喧嚣——就是诡谲，没有谁可以一眼喜欢它、看透它，见过之后，却也难以忘记它。这世间事，总有你看到的一面，你认可的一面，不管你看到是它的哪一面，它就是它，一直就是自己本来的样子。无物不然，无物不可。

突然想起《庄子·齐物论》里的一句："恢诡谲怪，道通为一。"

诡谲杠板归

121

轻盈曼妙的白英

第一次邂逅白英，可以用一见钟情来形容。

白英，是不是像一个有着俏丽身姿、纯洁灵魂的女子的名字？一个"白"字，已经说尽了澄澈和纯净。英，又是一个那么美好的字眼：在"落英缤纷"里，它是花；在"精英"里，它是事物最精粹、最精华的部分；在"英俊""英才""群英荟萃"里，它代表着才能和智慧的出众……

这里我说的白英，是一种草儿，是乡野路边常见的一种藤本野草，虽不是什么名花异卉，但却有着清纯自然的气质，轻盈曼妙的姿态——还真像一个美妙的女子。

第一眼见到白英，是被几朵散落在单位绿化带里的小白花吸引。夏秋之交，在一丛整齐的青翠间，那几点淡雅的白虽小，花冠小到只有一厘米左右，但对特别喜欢小花小草的我而言，还是感觉很醒目。纤细的花柄坠在它细弱、纤长的枝蔓上，像一个女孩流苏耳坠底端坠着一朵小花，柔美、灵动，还真是花如其名。风过，轻巧地飘摇，摇出万种风情，也摇得我心动。配上它形似小提琴的绿叶，风起时，超然、飘逸，让人想起"起舞弄清影"。

秋来，小花开始纷纷落下，自然而然就让人想到"落英缤纷"，这个词之于白英，实在是恰如其分。随着秋风渐紧，浑圆的绿果果开始替代清幽的小花，果实也随着秋意加深慢慢"变脸"，直至宛若一粒粒红玛瑙，在绿叶间闪闪发光，还真是"藤飞珠红妆绿丛"的感觉。它细细的果梗坠着晶莹剔透的红浆果，每一次风动，都仿佛可以听到珠玉相撞的清脆——更妙的是，无论它在风中怎样凌乱，给人的感觉都是节奏宛然。

一见钟情之后，白英自然成了我最美丽的牵挂。我一次次走近，却也一次次看到它被剪去。绿化带需要整齐划一，怎么能够允许它向上伸展出一道独属于自己的风景？没有谁对谁错，只是惋惜它失去结果的机会，多想它能够在清野长风里无人惊扰，弥着山野气的白英，应该更多几分空灵和洒脱吧。

　　说来也真是让人惊喜，那些被剪去的白英，还是一次次花满枝头。柔柔弱弱的白英缠绕在整整齐齐的冬青枝叶间，让人很难发现，一直没有被连根清除。只要有根，就有无穷的力量去生长。于是，白英一次次被剪，又一次次重生，直至开花、结果。在一丛靠近墙边的冬青之后，已经蔓延出一大片的白英，结了一串又一串红彤彤圆滚滚的小果子。

　　在我眼里，白英不只是野草。它有可人的小花儿，还有可人的小果。它就是可人的观赏花卉。在《本草纲目》中，白英是一味用于治疗内毒的良药，释名谷菜、白幕、排风藤，子名鬼目。曰："白英，谓其花色；菜，象其叶文；排风，言其功用；鬼目，象其子形。"又说："正月生苗，白色，可食。"古人说草木的字，真是简洁明了又形象生动。白英的茎及小枝的确都密密地披着一层细细的白色茸毛，叶子的两面也有白色发亮的长柔毛，因此，它还叫白毛藤、毛风藤、毛葫芦、毛秀才等等。

　　有一回，我领着一个和白英一样漂亮的小丫头一起造访白英。刚刚三岁的小丫头用小手指着剔透的小红果问能不能吃，我赶紧告诉她，不可以，有毒。

　　拥有诱人的小果子，却不让人吃，但全草及根又都可供药用，白英还真是有个性：一方面就是个有点任性又妙不可言的小女子，一方面又为芸芸众生鞠躬尽瘁。

香樟，香樟

　　桌椅的样式很古旧，甚至有些笨拙，可爸妈一直舍不得丢弃。在东北部队大院里的童年，好像从我开始有记忆，它们就在。我上初中时，它们又千里迢迢地从东北跟着我们一起回到了中原。为了与新添的家具看起来和谐一点儿，爸妈让人重新给它们刷了漆。如今，我的小侄女、小侄子也开始在这张桌子上写字、画画了。每每说起，爸也总是很骄傲地说，这桌椅可是有历史的，一百多年了，是香樟木做的，有香味，不生虫子。

　　做成桌椅之后竟然还是香的，还让虫子害怕，神奇的香樟树就这样深深地镶嵌在我童年的记忆里，却也是我在东北从没见过又一直渴望相见的树。回到周口的前些年，也一直无缘得见。后来才知道香樟是江南的名木，主要生长在长江以南及西南。

　　真想不到，有一天我可以生活在香樟绵密的拥抱里。十几年前，单位搬到新区，邻近单位的街道种了香樟，单位院子里也种满了香樟。办公楼前有两棵四五层楼高的香樟，正对着大门，每每风过，便摇动枝叶欢迎来人。它们站在那里，冠大荫浓，树姿雄伟，是一道四季不变的风景。

　　春天，香樟树一边长出新叶子，一边落下老叶子。嫩绿的新叶，映着沧桑的树干，更显生机勃勃，绿意盎然。之后，叶片慢慢变深，直至深成墨绿。初夏，绿白或略带黄色的小花朵密集地生长在枝叶间，在微风中飘摇，散发着幽幽清香，恬淡婉约。盛夏，火辣辣的太阳炙烤着大地，香樟舒展开茂密的枝叶，华荫如盖。秋天，许多树都开始落叶，香樟依然枝叶临风，青绿色葡萄样的小果子藏在绿叶间。冬天来临，香樟仍披着一身苍翠，凌风舞雪，尽现苍劲之美。

　　记得有一次早上到单位，小雨淅沥沥地下着，有一种清泠泠的香气，在雨中弥漫。是香樟，让人那么真实地感觉到它的存在，以溢香的方式——像看文字，

可以不在意写字的人，但会在意这人写出的字。时间还早，没有去靠近那两棵高大到想与大楼去比高的香樟，而是沿着植满小香樟的路，走上一回。

站在香樟树下，风都是香的。拾起一片叶子，一握，一种浓烈的香向我袭来，倒是更喜欢和它保持些距离的淡远的清香，若有若无，最好。

有一次值夜班，在电脑前坐累了，就到院子里走上几分钟。站在风里，仰望一棵香樟，白云散尽，半轮新月挂在天上。不知是香樟映衬了月儿，还是月儿美好了香樟，第一次感觉到，蓝天白云下的香樟已美到不可思议，新月初上时的香樟又别是一种动人。

熟悉了香樟之后，更容易感知到它的存在，有时是先看到树，有时是先闻到香。后来发现，周口不少街道都用香樟做行道树。慢慢又发现香樟的树枝和树干一分为二、二分为四地这样生长着，所以树冠的形态很优美，映着蓝天，可以看到它美丽的曲线。

何止是美啊，香樟从南方到北方，随遇而安，把自己奉献给人类，为人遮阴，送人清香，既是名贵家具的材质，又能提制樟脑及樟油，具有杀虫驱蚊的功效。

不少地方的千年古樟被奉为"神树"，它们经过千年的风雨雷电而不倒，被赋予辟邪、长寿、吉祥如意的寓意。这些神奇的香樟树，往往都承载着当地的文化内涵，见证着历史的沧桑巨变。

　　既具旷达之姿，又有意态之韵；既具外形之美，又有内质之坚；既有躯壳之动人，又有灵魂之清香……可以说，香樟是形态与精神兼备的美树。怪不得杭州、义乌、马鞍山、韶关、宁德市等很多城市都用它来作市树呢。

　　立冬已过，小雪将至，香樟圆润的果子变成黝黑，泛着幽幽的光，像一颗颗黑色的珍珠在枝叶间明亮着。雨中，黑珍珠下悬着一个个小水珠，仿佛小果子也变成了泫然欲落的雨滴，看起来更加晶莹明亮。

　　一棵结实密集的香樟，枝条都累得垂地。这沉甸甸的收获，诱惑着鸟儿在树上飞来飞去。走在香樟树下，脚边也滚落着一颗颗黑珍珠，让人不忍心踩下去。拾起，去掉果肉，留下里面的种子，随手放在花盆里，等待来年春天收获一片香樟的小树林。

木瓜：气味相投才喜欢

　　木瓜熟了，我和霞站在树下，抬头，是嫩黄或绿中泛黄的木瓜；低头，是滚落了一地的清香。此时，我们被空气里弥漫的一种气息触动，不诱惑于色彩，也诱惑于香气。这世上有太多的华而不实，而木瓜树，有实又有香。

　　木瓜是香的，拿在手里，手是香的；放在衣中，衣是香的。一阵风过，又一个木瓜擦着霞的手边落下。当惊吓变成惊喜之后，霞捡起那个与她有缘的木瓜，如获至宝。深秋的一个午后，我和霞就这样被染香。心情，也溢着香气。

　　近几年的很多个午后，我与霞一起走进草木世界，捡拾大自然带给我们的美好与清欢。去年，我因腿部受伤，经历了一段漫长的无法出门的日子，却依

然没有错失木瓜的清馨。是霞，把我暂时无法去寻访的美好，一次次送到我的面前。她懂得那些不被人注意的小花小草带给我的惊喜和满足，我也更深地感知到什么是相知、牵念与慧心。

霞带来的木瓜比梨子略大，已成熟到变成明媚的亮黄，触手是温润的光滑。最最动人的，还是木瓜散发出的芳香——这香里带着阳光的温暖，带着果实的丰厚，带着自然的清新，让一个热爱自然却久久无法去亲近自然的人忍不住捧住它，嗅了又嗅，直至幸福盈满心怀。

在木瓜不浓不淡、可近可远的香气里，每每想起木瓜树下的我们，总会想到气味相投、意气相投、意气相合这样的语词。我们对花草树木共同的热爱，我们三观的相合，我们心灵的契合，让我有一种几近偏执的认定：可以"投我以木瓜，报之以琼琚"的两个人，一定是气息相合的两个人，是志趣和性格相近的两个人，他们一定都喜欢木瓜的清香。赠送与回赠，昂贵与否的衡量标准也只来源于彼此的心灵，注重的是对彼此情意的珍视，是"匪报也，永以为好也"的初衷。亲情、友情、爱情，莫不如是。

喜欢木瓜清清淡淡的香，也喜欢《诗经》赋予它的浓烈炽盛的情。我一直想知道《诗经》里的木瓜的样子，查阅了不少资料之后，发现木瓜的种类实在是太多了。我不想从植物学的角度去探究，只是大致地知道木瓜有可以直接食用的，还有药用的、闻香的。水果店里卖的木瓜，又称番木瓜。我国自古习惯将国外称番地、番邦。由此可知，这种木瓜是舶来品，据考证，是明朝中后期传入中国的；而另一类木瓜是我国特有的野生果，我也更愿意相信从远古走来、可以当作男女定情信物的木瓜就是这类的——可以闻香、具有极高的药用价值。

有关诗经里木瓜的认定，当然也有不同的说法。我常见到的有两种：一是榠楂，又叫光皮木瓜，小乔木，花朵单生，淡粉色；一是铁杆海棠，又叫皱皮木瓜，落叶灌木，常有枝刺，花色美丽，三五朵簇生于两年生的老枝上，猩红色。别管哪一种吧，它们共同的特点就是花儿好看，果香好闻——当然了，喜欢这气味，才会觉得好闻。

捡上几个木瓜拿回去放在车里，放在屋里，哪儿哪儿都是香的。像那些灵魂有香气的人，无论在哪儿，都能感受到他们身上发散的魅力。木瓜的果肉坚硬，芳香持久，只要外皮没有损伤，一个冬天也不会坏。不必焚香、熏香，不必香水、香氛，成熟的木瓜，足以令一室生香——那种带着自然与天然的清雅之气，绝非烟火之香可以比拟。难怪清代著名画家边寿民题《木瓜图》说："……故久而愈香，得一二枚，便足了一冬事矣。"陆游对着放在枕旁的木瓜，也曾写下："六根互用亦何常？我以鼻嗅代舌尝。"可见木瓜之香，让多少人陶醉。有时，你忘了屋里还有木瓜，它便会在某一个瞬间，用突然袭来的幽香昭示自己的存在。

单位的小花园里有两棵木瓜树，每年都是从四月看到它粉红色花朵下面有个小木瓜妞妞的时候，我就开始静静地等着它成熟，直到它一只又一只地不翼而飞。愿那些摘取它们的人，同时摘取一份诗意、一份深情。且不说被称为"百益之果"的木瓜的药用价值，仅仅因为自己的香气，可以找到气味相投的人，变成他们案头的清供，就是一件多么美好的事。

与霞一起捡拾木瓜，她总是把没有瑕疵的让给我。记得有一次，我们俩只遇到一个落下的小木瓜，她又给了我——用她的话说，她爱花草，但我不仅爱，还是一个时时与草木谈心的人，于是她要把更多的与花草树木说话的机会让给我。我珍爱地把小木瓜放在衣兜里，回去路上，忍不住拿出来嗅上一嗅。她伸出手，说，我的手上也香着哪。那一刻，我们相视一笑，莫逆于心。

说不清的"蓬"

好像有泥土的地方，就有这些野草花：白色的花瓣包围着黄色的中心，看起来像一朵朵小菊花。它太常见，太普通，生命力也太强了。很奇怪，我一直不能将这些的花朵与"蓬"这个字联系起来——小花实在太过清新可爱。直到这些小花落去，长出散乱在花托上的绒毛小伞，才让我想到"乱蓬蓬"，想到"蓬松"，想到"蓬头"……也深深地理解了李白送别杜甫时的慨叹："飞蓬各自远，且尽手中杯。"

一看到"飞蓬"这俩字儿，就想到"游子"，就有飘零感，还有一种身不由己的无奈和忧伤。这就是文字的神奇吧——可以将古人与今人、他人与自己的情感拉得这么近！当文字与植物结合在一起，更是神奇地让所有的情绪都具备了画面感，让人很轻易地就想到蒲公英一样的绒毛，在风中零落四方。知道了名字，再看这些小花，突然觉得它们朵朵都有让人怜惜的怯生生的味道。此时，我不赞成李白，为什么要说"仰天大笑出门去，我辈岂是蓬蒿人"？能做园中的一株草，沐浴着小雨，应该也是一种极致的幸福。

这是几年前在朋友圈里写下的文字，那时还不知道，我拍下的"蓬"，并不是古诗词中的"蓬草""飞蓬"，而是菊科飞蓬属的"一年蓬"。"一年蓬"原产北美洲，在清末才漂洋过海来到中国，所以古诗词中的"蓬"不可能是它。我犯了一个多么可笑的错误而不自知。

当然，"一年蓬"也的确具备"孤蓬万里征"的特点，每株都能产生数以万计的种子，足以造就它的随遇而安。它的种子于早春或秋季萌发——今年小雪节气的第二天，周口大雪纷飞，雪中还见几株"一年蓬"我见犹怜地开着。"一年蓬"还有女菀、野蒿、牙肿消、牙根消、治疟草、千张草、墙头草、长毛草、地白菜、神州蒿、白马兰、千层塔等众多昵称。看名字可知，有的形容其外形，

有的说明它还是一味良药。这么多的中国名字，当然还可以看出它已经在我国到处安家了。也是，它有着这么优美的花形、淡雅的色彩，自然让人欢迎它的来访和入住。但同时，热烈奔放的任性生长，也让它变得可爱又可怕，难怪被列为有害的入侵植物。

《诗经》中也有"蓬"："自伯之东，首如飞蓬。"丈夫远征，女子无心装扮自己，头发也懒得梳理，像飞散的"蓬草"一样凌乱。入骨的思念让她形容憔悴，神魂俱失，肝肠寸断。这里的"蓬"和"一年蓬"是同一个"蓬"字，但它们在植物界的种属是不同的。前者可以叫它"小蓬草""小飞蓬"，花多而小，枝叶散生，似草球，遇风被卷起飞旋，常连根拔起，分裂成若干分支随风飞舞，所以得名"飞蓬"。那种漂泊无依、居无定处，又化生出"飘蓬""转蓬""孤蓬""征蓬"的许多意象。

传说，遭大风被拔起的"飞蓬"旋转如轮状。我们的祖先"见飞蓬转而知为车"，也就是因此受到启发呗，发明了车轮，制成了装有轮子的车。

比之于飘零无依感，有关"蓬"，还有一个比较阳光励志的意象：据《礼记》记载，古代贵族生男孩，会用飞蓬枝条制成的箭射向天地及东西南北，表示未来志在天地四方。

了解得越多越发现，名字叫"蓬"的草儿、长得像"蓬"的草儿还有很多。有时候，从书本上看熟悉了，到大自然里，还是傻傻地分不清。朋友问起，自然也说不清楚。说不清就说不清吧，只要知道它们都有着强大的生命力，有着山野里的清新之美，被赋予了许多诗意，就够了。

图片说明：图为日本学者细井徇《诗经名物图解》中的"蓬"。

大俗大雅说蓼花

蓼，是一种占尽大俗与大雅的草儿。

既然是草，当然就有草的普通，普通到水畔、村头、路边，到处都可以看到它。它从不在意别人的眼中自己是否俗气，也从不在意自己生长在何处，只要落地生根，就会四处丛生，蔓延开来。也不刻意追求什么高雅，只是一派自然，率性生长，与风握手，与雨相拥，与天地间的云雾霜雪相往来。既是一棵草，就做一棵草，自然到极致，也俗到极致。大，就是一种极致吧。大众化到极致，普通到极致的一棵草，可谓大俗，却又在最自然的状态中生长出一种和谐与大美，走向美好、诗意，被称作诗中最美的草儿，占尽古今风雅。

蓼最俗的名字叫狗尾巴花，确实土了点儿，却很形象。多年前的一个秋日，一个小村的黄土矮墙边，曾经看到一串串胖胖的花穗沉甸甸地在风中摇摆。那时，还不知道它的名字叫蓼花，觉得像狗尾草的穗形，只是它的花穗是浅红色的。随风扑来的花穗，像极了热情地扑向主人的肥嘟嘟的狗狗，正可爱地、邀宠地摇着灵动的小尾巴。

蓼科蓼属植物是个大家族，广布于全世界，我国就有一百多种，其中广为人知、颜值比较高，古诗文中常用的蓼或蓼花，多指红蓼。名为红蓼，却不只有红色，还有淡淡的疏朗的粉，接近于白。

红蓼的英文名字有一种并不十分可信但很有趣的叫法，翻译过来就是："吻我，越过花园的那扇门。"这名字，一扫狗尾巴花的土气，洋气得实在不像一个植物的名字，更像是写红蓼的一句诗。也的确是诗，写出了散漫在花园边角的红蓼摇曳出的浪漫，骨子里流淌着的对自然、自由与爱的向往。

平凡的蓼，平常的草，一进诗篇，便摇落一身俗气，绽开雅容。在历代诗篇中，蓼花的意韵是非常丰富的。

两千多年前，红蓼就被写入《诗经·山有扶苏》："山有桥松，隰有游龙。"山上生长着高大的松树，而潮湿的水边则生长着"游龙"，也就是一种蓼，又名茏古、茏草、红草、水荭、鸿等。《本草纲目》中这样描绘："此蓼甚大而花亦繁红，故曰茏，曰鸿。鸿亦大也。"草儿在水畔放纵枝叶恣意生长，枝条劲挺，形体高大，细长的穗状花在秋风中舞动如游龙。看看日本细井徇《诗经名物图解》中所绘"龙"这种草儿的苍劲和腾逸，就会知道这个名字有多么形象。蓼花常生在水边，茎叶上还长着细毛，龙是水中之物，古人用"龙"来为这种野草花命名，可谓生动。

"十分秋色无人管，半属芦花半蓼花"，想起这句诗时，眼前是芦花飘雪，红蓼花繁，一白一红，色彩分明，美美的秋日意象。而我在长沙浏阳河畔看到这景象时，已是过了冬至。虽然花儿已没有初绽时的生机勃勃，但在冷风寒水间依然明艳。当时所住的宾馆离河畔八百多米远，在赶高铁之前的一个多小时，

为"浏阳河"三字所动，匆匆而去，又匆匆而回，却因与蓼花和芦花的偶然相逢而收获满心的惊喜。

因蓼花多在水边，送别人在渡头多见，于是这率性开放的花朵又常与悲秋、离愁相关。"河堤往往人相送，一曲晴川隔蓼花""江南江北蓼花红，都是离人眼中血""莫更留连好归去，露华凄冷蓼花愁"……句句皆是离别与愁思。

在《红楼梦》里，蓼花的意象也是与衰败、悲愁相连。"大观园试才题对额"那一回，宝玉为一处美景题名"蓼汀花溆"。蓼汀，就是生长着蓼草的小洲。大概因其意境萧索吧，所以元春看后说："'花溆'二字便妥，何必'蓼汀'？"第七十九回也有诗句"蓼花菱叶不胜愁，重露繁霜压纤梗"。迎春被接出大观园待嫁时，宝玉想着所嫁非人的二姐姐，"再看那岸上的蓼花苇叶"而作此诗。这里的蓼花满满负载着物是人非的惆怅，真是"载不动，许多愁"了。

当然，不是所有的蓼花都漫溢着愁绪，陆游的"老作渔翁犹喜事，数枝红蓼醉清秋"，就挥洒着旷达与洒脱，一簇簇的红蓼变得热烈、明亮，与他一起浅吟低唱。

苏东坡的"蓼茸蒿笋试春盘，人间有味是清欢"，更是洋溢着春天的生机和喜悦，既有味觉上的畅适，又有感觉上的清雅。立春时节，蓼的嫩叶的确可以当作鲜嫩的应时菜肴。不过，凡事皆需有度：气味辛辣的蓼叶，尝尝鲜、当调料、入药都可以，但过量食用是有毒的。

特别喜欢"人间有味是清欢"一句，飘散着说不尽的清旷和娴雅。最难得的是，这"雅"是从舌尖上传递过来的，是有滋有味的，在充满人间烟火的"俗"之后，这里有蓼的滋味——这分明就是蓼的滋味。

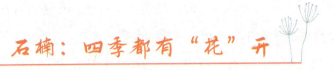

石楠：四季都有"花"开

石楠的四季里，哪一个季节都有"花"开：不只花开时有花，它的叶和果，都会"开花"。这是石楠留给我的最深的印象。

已是大雪节气，石楠树上挂着一串串绿豆般大小的红果子，密集而灿烂。远远看去，像一棵开满小红花的树。早上一出门，发现七一路边绿化带里有很多还没有被清理的被剪掉的石楠枝叶。应该是园林部门为了不影响行人车辆而修剪下来的低矮的树枝，为有助萌发嫩叶而剪掉的不利于树木长的侧枝、枯枝。那些被修剪过的石楠，因为猛然失去枝叶庇护的枝干，乍看去有些棱角分明的"骨感"，但那些诱人的红果果却有着隐藏不住的耀眼。想到这些枝叶要被丢弃，忍不住取上两枝，拿到办公室，用清水冲去因长在路旁而浸染的风尘，放在一个古旧的瓶子里，摆在书桌上。再一看，它椭圆形的叶片更加光滑翠绿，小果子更加明亮红艳，比之于一束鲜花带来的美感，亦不逊色。

看电脑的眼睛感觉疲惫时，眼光转移到石楠枝上，突然发现它的每一个枝顶都有一个小芽苞，红红的、尖尖的。乍一看还以为是花苞；仔细看，看到芽苞旁新长出的叶片是红色的，猛然意识到这层层包裹的"红"是石楠的新叶，是石楠秋季再次萌发的新叶。石楠还叫红树叶，真是名不虚传。

当然，石楠叶子最灿烂的季节是在春天。每年初春，石楠总是很敏感地感知到暖意，新梢和嫩叶都火红火红的，远远看去，一簇又一簇，像燃烧的花朵；夜晚的路灯下，又像一个个小火炬，点亮夜色……比之于这将要华丽变身的朵朵红色，情人节里那些易开也易落的玫瑰，仿佛都变成了一朵又一朵红色的叹息。随着春天渐行渐远，石楠红色的叶片颜色慢慢变暗，直至在夏天老叶变成亮绿。

不同品种的石楠，新生的树叶红的深浅程度不同，开花时间也各有不同。从四五月开始，持续到六七月，总会看到不同的石楠花开，细细小小、密密匝匝，一树一树的。如果说春天的"花"开是红色的，那这次是雪白。石楠的内心世界一定很丰富，在一个轮回的生命中，活出不一样的色彩。

一树一树的花开，当然很美。不过，石楠花盛放时，尤其赶到天气晴好、热气蒸发时，会散发出浓烈的香。有网友用"会呼吸的痛"来调侃石楠花开，可见此香让人不敢恭维。在古人的诗词里，倒没有看到对石楠花香的反感。王建《看石楠花》有句"留得行人忘却归，雨中须是石楠枝"，也是，雨中赏花，总会多几分清新之气吧。李白也曾在石楠花上满寄了闲逸的诗情：水春云母碓，风扫石楠花。

如果说现代人用"会呼吸的痛"来形容的是对石楠花香的不喜欢，那么，也同样可以用来代指相思之痛吧——痛到极致的相思，应该是难以呼吸，呼吸也会痛吧。《红楼梦》第七十七回写抄检大观园后，晴雯病中被撵，提到草木关系人事，宝玉说到"端正楼之相思树"。"端正楼"在骊山华清宫，是杨妃

日常梳洗之所，"相思树"就是指被唐玄宗赐名为"端正树"的石楠。那是在他将杨妃赐死之后，途中在一座寺庙里暂歇，看到一棵开满雪白五瓣花的石楠，花朵纤小，一小朵一小朵地攒成一簇簇，聚成一团团。玄宗觉得这花开得很是整齐端庄，突然就想起杨妃，想起那些发生在端正楼里"温泉水滑洗凝脂"的故事。也许，眼前的孤清，更易想起曾经的缠绵吧！从此，石楠便被称为"端正树"，树上的花儿朵朵都写满了相思。唐朝名臣权德舆咏《石楠树》："石楠红叶透帘春，忆得妆成下锦茵。试折一枝含万恨，分明说向梦中人。"影影绰绰，隐隐约约，似乎也是在说这段和石楠花有关的故事。

除却石楠被赋予的相思或闲逸，只看日常生活中石楠的四季、四季中的石楠，也已足够美了：簇簇的红叶会绽放如花，团团的白花会开满枝丫，串串的果子会缀满枝头。这一季又一季的"花"开，配上冬季也常绿的叶子，一年四季都很靓丽。

沿着七一路漫步，身边的绿化带里，低头是整齐的冬青，抬头是高大的楸树，只有石楠，不必俯视，亦无须仰视，只要从最平常的视角看过去，就可以看到石楠最平常却又不平常的美。

繁缕：大地上的点点繁星

　　繁缕，很美妙的两个字，让人感觉身处繁忙之中，也会有一缕让人透气的小清新。

　　繁缕，就是这样的小清新，可以开出清新淡雅的小花，还有着与它温柔恬静的外表和名字很不相符的作为杂草的极强生命力。

　　除却繁缕这个诗意的名字，它又叫鹅肠草、鹅肠菜。当它从远方的诗意回到眼前的现实生活，它是野菜和饲料，还可作药用。李时珍这样介绍它："此草茎蔓甚繁，中有一缕，故名。俗呼鹅儿肠菜，象形也。易于滋长，故曰滋

草。""……正月生苗，叶大如指头。细茎引蔓，断之中空，有一缕如丝。作蔬甘脆。三月以后渐老。开细瓣白花。"

繁缕的花瓣洁白温润，乍一看以为有十个花瓣儿；仔细看基部，会发现花瓣两两相连，分为五组。繁缕的小花苞很懒，太阳不照到，它是不会睁开眼睛醒来的。它总是沐着晨光开放，所以还有"朝开"这一别名。当然，繁缕的小花也有勤劳的一面，老早就在春风里探头探脑，仿佛总是在不经意间，已是花开成片。花朵很小，但一群小如米粒、星星点点开在低处的花儿，也可以开得繁密而明亮，开出波澜壮阔、灿若繁星的感觉。

又何止是春天呢，一年到头，在中原大地上，好像总会与它不期而遇。因为繁缕种类很多，有的叶子大些，有的花儿小些，所以才又多出那些大叶繁缕、小花繁缕之名吧。但不管哪一种，大体的形态还是一望可知。虽说它有自己适宜的生长温度，但我在一次次的相遇中发现，它甚至可以跨越季节，可以适应较轻的霜冻。

记得今年元旦，繁忙中的丝缕时间，还在单位大门口与繁缕相遇。它的茎蔓如丝如缕，小小的花儿有着星星的形状，星星点点的白映着叶片幽幽的绿，还真像星星在幽深的夜空一样明亮——它应该叫繁星。也是，它拉丁文的名字，就有"星星"的意思，它也真像大地上的点点繁星。与它相遇的感觉，真的像仰望星空，在繁杂中安享一缕静谧的时光。

已是大雪节气，冬日的暖阳下，又一次遇到繁缕无视季节的小小花朵任情任性地开着。看到这些小花儿，突然生出"春天来了"的错觉——这些迷糊的小花儿，让人忍不住跟着它们一起犯迷糊。只是，它身旁枯黄的落叶，还有经过风霜的叶子在提醒它，也提醒我：这是冬天。

这是冬天了，在家属院靠着楼旁的花坛里，扶芳藤边，突然冒出来一大片繁缕，看起来嫩生生的，每每走过，总忍不住多看几眼。看得多了，就想，不知道能不能吃？会不会好吃？查了些资料，知道它不光是鸟类喜爱的美食，嫩叶、嫩梢也是人类的美味。可以说，它是大地给予这个世界的恩惠。

在日本，繁缕是惹人喜爱的"春之七草"之一，与荠菜、水芹、稻槎菜、鼠曲草、芜菁、白萝卜等菜品并称，能吃是显而易见的。这七种草菜和大米一起熬粥，被称为七草粥。在我国古代，有在正月初七吃七草粥以求无病无灾的习俗，只是旧俗渐渐流失，在日本倒是保留了下来。夏目漱石的"粥味滴滴佳，肠中春欲苏"，写的就是这个习俗。

知道了这些，再看那一大片嫩生生的繁缕，想着它们反正也没办法越过这个冬天，就只觉得它们是美味了。终于采了一把回来，放入开水中翻几下，捞出，过水，凉拌。尝上一口，有豌豆尖的青气，只是更多几分柔嫩鲜美——满口春天的味道。

这在冬天里品尝到的春天的滋味，还真是让人放不下。正月初七时，我也要熬上一碗七草粥。当然，粥里不见得一定是那"春之七草"，只要是属于春天的七种菜品就好，但我会有一种坚持：其中一定要有繁缕。

繁缕，这名字仿佛已注定让人有一种羁绊，世间万千繁华，总有一缕放不下，将人丝丝缕缕缠绕。

树花不畏寒者为枇杷

初冬的中原大地上，众花摇落、蜡梅尚未登场时，可以花开满树、香达肺腑的花儿，应该就是枇杷了。

宋朝诗人董嗣杲写过一首《枇杷花》，诗中有"花开抵得北风寒""冻香便觉饴如蜜"之句，清清楚楚楚地都说出了枇杷花抵挡得了冬日的寒风。还有一句"果收初夏摘金丸"明明白白地在说枇杷果成熟的时间。夏日里品味枇杷的甜香，伤风咳嗽吃枇杷膏时，还真是很难想起它在冬日里凌寒绽放的花朵。

枇杷是和小寒节气对应的第一种花："草花不畏寒者为款冬。树花不畏寒者为枇杷。并性坚贞，可以亢冬日祁寒……"翻开《花开未觉岁月深：二十四节气七十二候花信风》，发现了这句有关枇杷的美言。这是一本很美的书，重现了一百余年前日本画家巨势小石的手绘原稿——他画出了七十二候对应的花卉花开时的惊艳时刻，枇杷花在他的笔下也很美、很冷艳。

看身边的枇杷树，却没有这么惊艳——我开始竟没注意过它的花儿。可能是因为它的总花梗和花梗密生锈色的绒毛吧，远远看去，它是那么暗淡无光，那么容易被忽略。真正走近，才能发现它朴拙之中溢出的光华。仔细看去，枇杷花五瓣，白色或淡淡的黄色，五至十朵成一束，映着冬季依然蓊蓊郁郁的枇杷叶，愈发显出花之白、叶之绿。

枇杷花色彩虽不惊人，淡淡的药香却迷人。当然不会让所有人着迷，哪一味药都不可能治愈所有的病，更何况还有一句：甲之蜜糖，乙之砒霜。我是喜欢它这独一无二的品格的，喜欢它周身发散的若有若无的药香。尤其在冬天的雨后或雪中，觉得这清新爽肺的花香可以叫幽香，可以叫冷香，还可以叫雪香。这时节闻到这样的香，真是人生快事。

第一次听到枇杷树的名字，一下子就想到弹拨类民族乐器琵琶。当时还想，它们之间，有什么联系呢？后来才知道，是因树的叶子形似琵琶而得名。有关

枇杷与琵琶，还有一个很风雅、很有趣的小故事：明朝画家沈石田有一次收到友人送来的一盒礼物，并附信："敬奉琵琶，望祈笑纳。"他打开盒子，看到新鲜的枇杷，不由微笑，复信："承惠琵琶，开奁视之，听之无声，食之有味。"友人见信，作一首打油诗自嘲："枇杷不是此琵琶，只怨当年识字差。若是琵琶能结果，满城箫管尽开花。"

枇杷与琵琶，这同音的两个名字让我有一种联想：冬去春来，枇杷树上结满了青青的果子，躲在琵琶形的绿叶之间。面对这些调皮的小果子，若在枇杷树下用琵琶奏一曲《十面埋伏》，给埋伏在枝叶间的果子们听，它们会兴奋得闪出光芒、灿若群星吗？它们的灿烂，应该是成熟吧，渐渐地从青绿变成黄或橘黄。枇杷的果子既然可以用来送礼，应该是很美味的。成熟的枇杷果不只酸甜芳香，还含有丰富的营养。不只能食，药用还有清肺胃热、降气化痰的功效。枇杷的品种很多，果子有圆圆的，有椭圆的，有扁扁圆圆的，大大小小，品种不同，长相不同，香味也各异。

除却食用、药用，有关枇杷我记忆最深的是明代归有光《项脊轩志》中的一句："庭有枇杷树，吾妻死之年所手植也，今已亭亭如盖矣。"看似平平淡淡的句子，这棵枇杷树却仿佛就在眼前，亭亭如盖，很有画面感，还让人感受到一种蓬勃的生机；但与之对应的，是斯人已逝、物是人非，也因此，愈发让人心动、心痛。纵然枇杷的花、叶、果皆可疗疾，又如何医治这种心痛？此句无一字言悲，悲伤却如潮水；无一句言思，思念却已漫溢。这世间，总有一种情感，可以在严冬里开出清香的花儿，一如枇杷。我的想象中，更愿意把这个回忆的场景设置在冬日枇杷花开时，一种清冷的香，萦绕着一缕清冷的想念。

看到梅花又一年

　　梅花又开了，开得让人心惊，猛然地心惊，像看到一年的日历再一次翻到最后，新的一年又将来临——梅花开又落，一年又一年。回想时，却不知日历是怎样一页页地翻过来的，就像没有注意到去年的梅花落尽之后，怎样长出叶子，叶子又怎样在秋风中落去，再一次长出花苞。虽然，梅树就长在那里，每天都会经过它。

　　新的一年就这样静静地、淡淡地来了，和平常的每一天没有什么不同，一切都看似平平常常的——没看到梅的生长，梅也一直在静静地生长。只是，这一天，又似乎变得与前一天不再一样，因为，梅花开了。

　　"寻常一样窗前月，才有梅花便不同"，终于又一次望见梅枝间的月，深深体会到了诗句中的意韵和人生状味。冬日里，梅的清冷与月的清冷相遇，仿佛滋生出一种知己相遇的暖。月光之下，一切都似又一次与前世的相逢，没有什么是新的，一切都是重现：这月，这瞬间，还有微尘中的微尘——我自己。过去与未来，曾经与现在，都必将再一次、无数次地去经历。叹息与欢笑，细微与重大，都在永恒中轮回。听到了吗？"一切皆虚空，一切皆相同，一切皆曾经有过！"

　　新一天的阳光，也如同昨日。梅花和看梅花的人，都保留着一种静止不变。可又有哪一种静止是永恒不变的呢？我们蹚过的都是赫拉克利特的河中的水。新年的阳光，还是旧年的太阳发出的光芒。变的，是一个属于年份的数字，又不只是一个数字。一个数字的变化，变化出一个新年。一个"新"字，让人生出新的希望。虽然，阳光之下并无新事，但我们还是愿意相信，太阳每天都是新的，就像相信，梅树每天都有新的花朵绽放。

　　冬天，有梅花的陪伴，这个季节便充满了诗意。看到一句"一个人衰老的开始，是生活丢失了诗意"，心中突然生出许多的谢意——对身边的花草树木——感谢它们，让我可以时时感受到美的存在，让我一直不曾丢失生活中的诗意。

有些花儿，适合一个人看，譬如梅。小园的中午，有阳光，有梅，有一个寻梅的人——都安安静静的，又各有各的期待。此时，有一种近乎圆满的知足。如果非要说出属于梅花的一种欠缺不可，那肯定想到雪。只是，岁月早已让自己明白：眼前所有的，都是应当的，都是最好的——应当做的，只是享受眼前的一切。也许，在一个飘雪的日子，会站在雪之中、梅之畔，遥想此刻的阳光。

梅花一直就在那里。它的静默就是一种等待，等待被发现，等待被照亮，等待被唤醒。等待你去发现一花与一叶、一枝的联系，等待你去见证一份静默的生动，等待你去定格一种美的意象……梅花存在，万物存在，美好存在……它们存在，却又不存在——皆灵想之所独辟，总非人间所有——它们还在等着，等着你用自己的心、用自己的感觉去"创化"，去"明朗"那些美的意象。

你看，梅的花枝是会舞蹈的。有风时，自然是"满树狂风满树花"的激情之舞；即便静止，无论映衬着白雪还是蓝天，它的花枝亦在那里自由地伸展、蹁跹；梅枝上的花朵开开落落，仿佛都是一种变换的舞姿，舞给自己，舞得烂漫自然。

你看，阳光下，梅的花朵与花朵相伴着开了花。相伴，一个多么美好的词——只是相伴，什么都不用说，什么都不必想，天就蓝了，就暖了。

喜欢梅花密不透风的香，更喜它疏影横斜的冷。总觉得梅是不属于热闹的花，哪怕花满枝丫，哪怕阳光穿越每一个花瓣，依然能感觉到她骨子里的清与冷。清冷的花，应该不喜欢热闹的探访。自然，一个人的寻访，也不孤单。心中有梅，眼中是梅，感觉之中更有一种丰盈。阴晴雨雪，雾起雾散，无论何时访梅，都是对的，哪怕没有雪。我来，雪就来了。

如果想起一件后悔的事，梅花就落下一朵，那梅花落尽时，是不是就不会再想起值得后悔的事？属于梅花的时节，很快也会成为过去。当一棵树只剩下一朵花，留给世界一个苍凉的背影，叶，却在新生。每当此时，我会在记忆里翻出那些曾经的美好，细数与梅花一起走过的日子，期待下一次花开。这些在春天里谢幕的花朵，一直盛开在我心里。

喜欢看梅，也喜欢关注书中那些看梅人的心情。访梅去得太早，会生出杨万里的懊恼："一树梅花开一朵，恼人偏在最高枝。"同样是早，范仲淹却赋予梅花一种美好的期待："似留芳意入新年。"陆游访梅应该是恰逢其时的，他狂放地感叹："何方可化身千亿，一树梅前一放翁。"爱美的女子看梅，虽然不能像朱淑真一样"笑折一枝插云鬟"，也可以在心里演绎一下这个场景，想象她在梅前绽放笑颜时，一定觉得自己是世上最美、最娴雅、最洒脱的女子。看花去得太早看不到花开的胜景；去得太迟，又是一种错过，也会生出诗人顾逢的感叹："岁岁见花人已老，几番花落又花开。"

是啊，岁岁见花人已老。梅花年年在开，每一年却似乎都开得那么突然，仿佛只是一个不留神的瞬间，梅花又开了，时间又一次到了一个新的交接点上。这是一次又一次的重复，就像一次又一次看到重复的心境、重复的自己。重复，就重复吧！这个世界，这个宇宙，日与月，生与死……原本也是无穷的往复。在这种无穷的往复中，"老"又如何？只要，还有岁岁见花的心情；只要，还可以看到花儿的美。

绿萼梅：清到骨子里，冷到魂魄中

梅中深爱绿萼，怎么看它都不够，爱到不可言说，无言以对。感觉"梅格已孤高，绿萼更幽绝"这一句也难说尽它的清冷：从颜色到香味再到气质，无一不清，无一不冷，清到骨子里，冷到魂魄中。

每次走到它的面前，都觉得自己是多余的。它是那么美，美得自然而然。让人觉得走近它就打扰了它的安静、清净和自在。面对这样的造化之美，只能远远地观望。甚至，什么都不必说——所有的语言之于它，都有深深的无力感。

虽面对它时自觉多余，在见不到时，还是想见。想念公园里的绿萼梅，想了很久。三月初的一个中午，终于有了时间去看花。想象午间的时光应该是我一个人一个园，而实际上是我根本进不了园子，只能在园外一个人望向一个园。

公园的大门小门都还封着，但封不住的是那满园盛放的梅花，还有我想去探望的热望。

进不去，就在园外看风景。公园的大门口有几棵白玉兰，已经望见了春天的来临，密密麻麻的花苞仿佛只在等着阳光的一声呼唤，就立刻全部绽放。还有路边的婆婆纳、碎米荠、繁缕……都星星点点地绽开它们的小小花朵。花朵虽小，但每一朵都闪着自己的光芒。

是的，它们带给我很多的惊喜。但是，没有谁能替代谁。它们还是替代不了梅花——我还是想念那一树一树的花开，想念我一直心心念念的绿萼梅。

隔着围栏，也要探望一下老朋友。作为这些梅花树的老朋友，我熟悉它们生长的位置，我知道从哪里可以看到它们。遗憾的是我深爱的绿萼梅离得都有些远，那就遥望吧。用手机镜头把它们拉得近一些，再近一些。它们用满树的花朵迎接春天，迎接我。

我在一株盛放的红梅旁停下来——我在外边，它在里面。虽然有一道围栏，我们还是离得很近，甚至有几枝触手可及。就这样，一个人，不，还有两只在草丛间欢跃的小喜鹊陪着我，深深地、久久地嗅着梅的清香。我在红梅花的香气里，怀想着绿萼梅的清香；在满眼的红艳之中，遥想一抹淡淡的青碧。

念念不忘，必有回响。三月中旬，公园终于开放，我也终于可以近距离地看到了我心爱的绿萼梅——哪怕，只是看到它离去的背影，看到它徘徊在荣枯之间……我还自作多情地想：还好，没有错过，没有让它寂寞地走过。

其实，我深深知道，我来或不来，你来或不来，绿萼梅都是清香如故、一树花开，喜欢的，恰恰是它那份清、那份静、那份冷。

素心一片对蜡梅

　　细细碎碎的雪在飘，若有若无。有雪的天，适宜访梅。家属院的小花园只有一棵蜡梅，形容瘦小，花朵稀疏，远远望去，一点儿也不起眼，却是我心中的牵念。应该是牵念，才让它在我眼中超然出众吧。因为它的清冽、冷香，才让我牵念吧！扬起头面对花朵时，才真切地感觉到小雪花的扑面而来。虽只有几分钟的相伴，却沾染了满身的香气。

　　雪来了，又走了，留下一份丰盛、漫溢的美好与欢悦。雪是诗，梅是诗，雪与梅的相遇，更是一首美妙绝伦的诗——雪莱说过，诗是最愉快最美好的心

情的最愉快最美好的记录。

雪化后的每一滴小水珠，都凝结着蜡梅花的一个梦。每想起一件开心的事，蜡梅花儿就绽出一朵笑声。雪中，静听，你会听到满树的笑语盈盈……

透过花儿的笑，可以看到它的心。有人从花色上将蜡梅分素心、荤心两种。素心蜡梅是蜡梅中最名贵的品种，"其心洁白，其花淡黄，花香芬馥，雅致韵人"；又因其花大瓣圆，向外翻出，形似荷花，又称荷花梅。荤心的外瓣黄色，花心紫色，香气浓郁，又称"檀香梅"；因其盛开时也常常半含，又叫磬口梅。

喜欢蜡梅，尤喜素心，喜欢它的素净、清透、幽香，还有盛开时美若莲花的花朵。或者什么都不为，只是一个素字与心字的连接，就足够美了——足以打动人心的美。很庆幸家属院里的这一棵恰好是素心蜡梅，从看到它长出小小的花骨朵开始，每次走过都情不自禁地被它周身散发的气息挽留。尤其下雪时，清绝，亦冷绝。

周口公园里各种梅树很多，而我每次都会去看园子东北角那几棵高大的蜡梅树。有花或者无花，隔上一段时间，都会去看看。尤其到了腊月，它们是这个季节的主角，更是我心里的主角。即便不知道梅树的具体位置，也可以慢慢去寻，反正它们就等在那里，总可以在清香的指引下相遇——就像我们的初见。不期而遇的感觉，更像前生的缘在今生的延续，是梅香唤醒了沉睡的记忆。

记得一个冬日的午后，走进高大的蜡梅林中，透过一片浓密，看被枝叶掩映的蓝天，享受暖暖的阳光携着花香扑面而来。映着蓝天，蜡梅花在清冷里绽放着笑颜和清馨。阳光，蓝天，梅香，这样的午后，还能怎么好？

在一棵蜡梅树下坐下来，让自己静止成一棵树。就在梅的清香、鸟儿的呢喃中，望梅枝分割、梅花点染的天空。沉醉在它梦幻般的清香里，痴痴相望。相看两不厌，会吗？也许，不厌只是我的一厢情愿。也许，它早已厌倦了人类的走近，只为骨子里的清。

花树下，香中别有韵，清极不知寒。抬头就是梅花，低头还是梅花。相信总会有一朵，为你而开，为你而落。逆光看去，蜡梅的花瓣是半透明的，闪着蜡质的光亮。看来，仅仅因它腊月开而称腊梅，比起蜡梅之名还是少了些质感。

至于黄梅、金梅之名，也仅仅是从花朵的色彩上命名吧。而其实呢，蜡梅不是梅花：梅是蔷薇科杏属，一般为早春一二月开花，而蜡梅属蜡梅科蜡梅属。《本草纲目》这样介绍蜡梅："此物本非梅类，因其与梅同时，香又相近，色似蜜蜡，故得此名。"由此可见，不管有多少别名，蜡梅才是它最初的名字。

蜡梅是从不辜负人的，什么时候去，它都在那里静静地等待——等待一场大雪，或是一个赏梅的人。不，有没有雪飘，有没有人来，它都在，永远都在，以它的有生之年，以它等待的姿态。也许，不只是"有生"，当花朵落尽，还有枝，还有叶，花枝尽枯，它依然是梅。春天站在几树蜡梅边，看到梅花睡了，旁边的一树海棠醒了：在海棠的顾盼嫣然里，感觉到梅枝静得形销骨冷。但它依然在等待，以它的今生和来世，无悔亦无怨。悄悄问它，等得苦吗？它会在又一个冬天来临时以曼妙的花朵、漫溢的清香作答。

每一年，这些素心的蜡梅，都会陪我走过最寒冷的时日。每一年，属于它的芳华时光，总会过去。来年再来时，总会变得有些不同，但我相信，永恒不变的，是它的魂。

越素雅的花，越有内在的芳香；越朴素的人，是不是越有内敛的清馨？蜡梅因素心而雅而美而贵；做人存一点素心，是不是会多一点朴素、简单、纯净，多一点灵魂深处的安静和淡然？

且用一片素心去看花吧！家属院里的那棵蜡梅旁，有一个紫藤花架，架下有小亭，亭下有最最普通的石桌石椅。但我相信，素心蜡梅开时，它们会变得不再普通——它们一直在静静地等待二三素心之人，围着一个红泥小火炉，手捧一盏热茶，醉在花香茶香之中……

木笔：以天为纸，笔下生花

　　树上带着花蕾的枝条极似毛笔，一个个毛茸茸的黄褐色花苞像笔尖，竖在枝头，指向天空，像要以蓝天为纸，尽情书写对春天的渴望。只待灵感一来——春风一吹，立刻笔下生花。

　　这花，就是木笔花，又叫望春花，还有一个广为人知的名字——紫玉兰——中国特有的树种，古代园林中就广有种植。《楚辞》有诗句："朝饮木兰之坠露兮""辛夷车兮结桂旗"。这里的"木兰""辛夷"也都是紫玉兰。早春时节，紫玉兰大朵大朵的紫与白玉兰大朵大朵的白，在先花后叶的树上凌空绽放，

是中原大地最明艳耀眼的风景。

　　小寒节气已过，无叶的木笔树"唯见枝柯纵横，千百木笔，咄咄书空"。在二十四个节气中，每个节气分为三候，共七十二候，每候对应一种花。小寒三候正是"木笔书空"。古人竟然留意到这么小的花蕾，还能看到里面潜藏着春天，对细微之处感知的敏锐，透过表面对内里的探究，真是非同一般。

　　站在寒风中，映着蓝天看木笔密密麻麻的花骨朵，仿佛看到了被毛茸茸的外衣紧紧包裹着的花瓣，仿佛望见了暖阳下春天的来临——望春花之名，也很形象贴切。

　　望着，望着，就会看到枝头"毛笔尖"慢慢绽开，吐出一点带着紫色的白。接着，紫色从包裹中挣脱出来，变成一片又一片外紫红、内粉白的花瓣，直至整个花朵大如莲花、艳丽怡人。再想"李太白少时梦所用之笔头上生花，后天才赡逸，名闻天下"之句，形象地明白了什么叫"妙笔生花"。看样子，将木笔花赠人，应该是很好的礼物，可以表达对一个人才华的欣赏与赞美，也可以表达一份期许和祝愿。

　　木笔花挂满枝头时，大片的紫色描绘出一片祥瑞之气。喜欢远远地看被依依的垂柳映着的它，也喜欢对着蓝天望它——喜欢它枝丫密集地画出热闹，也喜欢它旁逸斜出地写出疏离。不管哪一种，都美得让人心动，美得让人害怕错过：害怕早一点儿或是晚一点儿，都赶不上它最好的时光。花开得有多美，落得就有多惊心。冬日里漫长的蕴蓄，似乎只为短暂的"纷纷开且落"。好在，伴随着花落，新叶开始萌生，让人看到寂灭的同时，也看到新生。

　　这匆匆的花期让我想起很多年前看过一个故事，忘了大部分情节，却对一棵花树的印象很深：一对恋人闹了点小别扭，不想争吵，又不想分手，男孩说一星期后去找女孩。伤心的女孩回家路上看到一棵树上开满灿烂花朵，同时也瞥见地上散落的几片花瓣。她想，一个星期之后是不是应该花落满地了？一个星期，不是很长，但又足以让含苞的花朵盛开，让盛开的花朵衰败；一个星期，可以让心事飘散，让情感零落；一个星期，足以憔悴一颗本就脆弱的心；一个星期，也许恰恰是一树花开最美的时刻。错过了，也就错过了。还好，当天晚上，她又见到了男孩，他们重归于好。几天后，花已零落，女孩庆幸，他们彼此没有无视地走过。现在想来，如此大手笔的盛放与凋零，只能是木笔的书写。

木笔不仅会在天空上笔下生花，笔样的花蕾还可以入药：冬末春初花未开时采收、阴干，就拥有了一个美丽别致的药名：辛夷。名字的来源，李时珍这样解释："夷者荑也，其苞初生如荑，而味辛也。""辛"指其味；"夷"即"荑"，这里指花的嫩芽。

木笔书空，不惧小寒的冷。小寒虽冷，还未到极点。看似干枯的枝丫还要怀揣着一朵朵希望，走到大寒，走过寒冷的顶点，才能走向温暖。木笔在书写着世间一种轮回：花到盛放会衰，月至圆满会亏。同样，花儿会酝酿下一季盛开，月儿会守候下一次圆满。最寒冷的时刻，往往有温暖在悄然滋生——那就站成一棵木笔，站在一个寒冷又阳光明媚的日子里，眺望着春天的来临，守望着一份春意盎然。

棟之苦恋

    深冬的豫东大地上，很多树都落了叶，看起来同样光秃秃的枝条，让人不好相认，很难一下喊出一棵树的名字。棟是即便没有花与叶的装点，也能一眼就认出来的树。在它清冷的枝头，悬吊着一粒粒圆滚滚的黄色小果子——迎着冬日的阳光，映着湛蓝的天空看过去，无论稀疏还是稠密，都很靓丽。

    棟，有人叫它苦棟，是我老早就认识的树。因为爷爷奶奶的屋后有一棵，从我十五六岁开始，每次回老家，都会被它吸引。也许是过年前后回去最多吧，自然而然，记忆最深的不是它的花，而是它的果——被称为苦棟子、苦心子、棟枣子、棟果子。冬日的蓝天下，只看到它的美，看不到它的苦。它是把苦都留给了自己，才苦了心吗？看着这样自带美颜的小果子，似乎它的叶子可以被遗忘，花也可以被遗忘。

    其实呢，棟"树高而叶密"，又称紫花树，可见它紫色的花朵虽小，却是让人难忘的。刚过大寒节气，遥想春天树上长出新叶，四五月开出小花。花碎而色紫：花蕊的紫深，花瓣的紫浅。在风饕雨虐的衰败过程中，紫色越来越淡，逐渐变白。花落后结出绿色的小果子，之后叶落、果黄：棟就在这样的周而复始中一次次重生。

    大寒，达到寒冷的顶点。坚冰深处春水生。过了大寒，天气渐暖。在这个节气里想到棟花，是因为它们相同地拥有一个"最后"。大寒是二十四节气中的最后一个节气，而一年花信风中梅花最先，棟花最后。花信风，指应花期而来的风。每年冬去春来，从小寒到谷雨这八个节气里共有二十四候，每候应以一种花的信风，于是便有了"二十四番花信风"之说。由此看来，又哪有什么"最后"呢？"年年春后棟花风"，也是在说一种循环往复，在说每一年的暮春时节，棟花开后，以立夏为起点的夏季便来临了。

棟花开时，是香的。曾经很多次，循着花香的指引走向它。八一路桥下有一棵棟树，从桥上行走，可以看到树顶，偶有一两个枝条从桥的栏杆外伸展进到桥面上来，像和桥上的行人打招呼。花开时节，枝上那细小的紫色花朵团团簇簇，竟可以汇聚成那么浓稠、又那么明媚的忧伤，用香的形式去释放。是不是像极了苦恋的感觉？情到深处，总有一抹说不清也化不开的愁绪。那凝结的深情，化作一树的果实——苦棟子。苦棟，这个名字是不是在前世就注定了今生的苦恋？对这个世界拥有怎样的苦恋，才修炼成此时的苦棟？

大寒时节，在豫东南一个偏僻小村里的一间屋后，看到一些被砍下来的带着苦棟子的树枝，走过去摘下几个枯黄的果子，习惯性地拿着手机拍上几张照片。站在一旁的大嫂看我喜欢，说："多摘几个吧。"说着，还热心地帮忙去摘。我忙说："够了，够了，我就是随便看看。"大嫂说："俺们这里孩子结婚，套被子的时候撒几个。"想到"棟"常与"苦"字相连，我很好奇："是吗？

还有这样的风俗？"大嫂笑答："俺这儿都说'楝枣子，引小子'。"大嫂爽朗的笑像冬日的阳光，洒在身旁每一个人的脸上。也是，毕竟这小果子又叫楝枣子，"撒把枣子，生个小子"是结婚铺床时常说的喜庆吉利话。也许，在这一片曾经贫穷的土地上，在困苦之中，他们故意忽略了那个"苦"字，只保留着对甜蜜与幸福的希望与迷恋。也许，经过了苦，甜才更加甜吧。

站在这个小村的屋后，蓦然就想起爷爷奶奶屋后的那棵苦楝。爷爷奶奶都已离开，他们曾经居住的院落自然是越来越寂静，只有那棵苦楝还一如既往地苦恋着这个世界，年年花开又花落。一朵花儿的一生，不过几天，却也并不短暂——比起那些朝生暮死的生物，已是漫长。何况，花儿之后还有种子给人以希望。一朵花、一棵草、一个人，没有谁比谁更高贵，都在重复着永恒的过去和未来。也许，正是永恒的轮回与不断的超越，才是一种强大的丰盈与不可摧毁，才是生命的意义。

似竹非竹南天竹

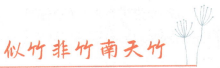

　　去年过年前，看到南天竹的鲜切枝条在网上被当作年宵花热卖，心里猛然一动。在我的印象里，它那么平常，路边绿化带、小区、公园、单位院子里到处都有它的影子，让人有些熟视无睹了。而且，它是夏天时开碎白花，作为一种花期并不在冬季的植物，怎么和年节的喜庆联结在一起？怎么变成了年宵花？

　　目光从网上移到身旁，再看南天竹，感觉有些不一样了：历经风霜依然缀满枝头的累累红果，像一团团火焰在燃烧，在灰色的冬季里热烈而耀眼，真不

负"天烛"之名。大雪飞舞时，一串串红灿灿的小果子在白雪的映衬下，像一簇簇盛开的花朵，红得明亮，红得滋润，红得诱人，红得喜庆，加上或绿或红的叶子的映衬，格外夺目，也格外讨喜。即便厚厚的积雪覆盖了果实，仅仅是那些桀骜不驯的枝叶不管不顾地从雪中伸展出来，在千花百草凋零之后依然生机盎然，已足以让人怦然心动。

原来，南天竹是以果代花走入了年宵花的行列，不是从现在，而是从很久很久之前。因为果子色如丹砂，与变红的叶子一起凌霜傲雪经久不落，南天竹被视为植物中的君子，深受历代文人墨客的喜爱。再加上名字中的"竹"字与"祝"谐音，与水仙、绶带鸟在一起，就是"天仙拱寿"；与佛手、仙桃、石榴组合，就是祝多福、多寿、多子。很多人喜欢把南天竹和蜡梅、松枝一起插瓶，也有人将它与水仙、蜡梅并称"岁寒三友"。就这样，南天竹不仅走进诗画，也走向家家户户的案头，增加喜庆气氛，增添吉祥的寓意。

至于名字的来源，有这样一说——"叶叶相对，而颇类竹"，故名南天竹，也叫天竹。除此，还有很多不同的说法，无论哪一种吧，相同的是对它的欣赏。它也的确招人喜爱：树干丛生，形态清雅；叶片扶疏，潇洒如竹，嫩时黄绿，渐至深绿，入冬后呈红；小花穗生，瓣白蕊黄，还有清香；花后结果，浆果球形，每穗数十，开始为绿，后来变红。南天竹的品种很多。据说浆果成熟时也有白色、淡紫色的，我见过最多的还是红果果，偶尔见过橙红色。总体来说，南天竹小花清秀、叶美果艳，可谓五色陆离，四季出彩。

这似竹却非竹的南天竹，因其鲜艳的果实和会变色的叶子，在明清时期就被列为古典庭园的造园植物，甚至有一种将南天竹神化的说法，说"植之庭中，可避火灾"。真假不必探究，倒是可见古人对南天竹的尊崇。同时，它也被盆景界人士酷爱。我还是更喜欢自然生长、纵横飘逸的南天竹，总觉得有些爱不是真正的爱，是被爱之物的灾——被扭曲、被限制生长的南天竹肯定活得不舒展、不痛快——如果可以，它一定会说出自己的疼痛和反抗。

它也的确是一种有个性的植物：虽然外表清秀，却全株有毒。特别是它的小果子，虽然红艳诱人，让人垂涎，却是只可远观，不可亵玩，更不可啖。有趣的是它的根、叶、果都可药用，果实可解砒毒。有毒，却可解毒，世间之物相生相克，真是神奇至极。

这有容貌、有品格的南天竹，妙就妙在与竹子的"似与不似之间"吧。被称为君子的南天竹，可以有竹之名并与梅花相伴并称，自然有它的清峻之气。在夸赞南天竹的诗词中，我很喜欢清代蒋英的《南歌子·南天竹》：

清品梅为侣，芳名竹并称。

浑疑红豆种闲庭。

深爱贯珠累累、总娉婷。

不畏严霜压，何愁冻云凌。

渥丹依旧叶青青。

好共岁寒三友、插瓷瓶。

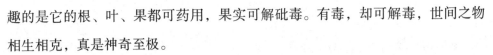

得水能仙水仙花

水仙是许多人偏爱的案头清供的年花，既有清绝出尘的神韵，又有温馨相聚、喜庆祥和的美好寓意。你看，春节联欢晚会岁岁年年人不同，水仙却年年岁岁都出现在现场的桌上。

每年春节前，我也会习惯地养上几盆水仙，放在温度不同的房间里，让庸常的生活里多几分可以期待、可以生长的美。

朋友圈里喜欢水仙的朋友很多。有一回，看到一个朋友发水仙花图片时配了宋代赵以夫写水仙的一首词，首句就特别喜欢："得水能仙"。抬起头来，越过我的水仙花看到墙上挂着的一个"静"字，突然生出一种感觉：花儿有水才可以成仙，人有一份静心才能揣测神仙的心境。

还记得庚子新年期间，在家烹茶、看花，在茶的幽幽香气里，静等花开。原来，花开的速度是可以看到的。一朵花开，开得很慢，也很快。前一天中午，还是紧紧闭合的花骨朵，早上已是看花半开，上午慢慢舒展，中午再看，已妥妥地化作一个白衣小仙子。静看一朵花的笑脸，品味一朵花的清香，在花儿自自然然的陪伴中，有一份无需言语的深深懂得。闲暇的午后，懒懒地拿上一本书，偶尔目光从书本上转移，看午后的阳光穿越水仙的花瓣，抵达澄澈与通透。花如雪，香宜人，一份浅浅的喜悦就会飘然而至。

还有一次，窗外漫天飞雪，凌波仙子挥洒出的满室香气透彻心骨，读到"六出自天然，更一味清香浑胜雪"，自是别有一番滋味。雪的结晶一般为六角形，"草木花多五出，独雪花六出"。这六片白色花瓣的水仙，真真的"六出自天然"。

水仙有单瓣、重瓣之分。我喜欢简单，自然更偏爱单瓣，感觉比起繁复的花朵，简约中更多几分空灵俊逸之气。网购水仙时，自然也总是选择单瓣。许多店家都有热心的说明，说是要先用刀切割水仙花球，再放入水中。我从不曾对水仙动过刀子，都是直接放入盆中，加入水，然后等待时光的浇灌。水仙倒也从不曾辜负我，花儿开了一茬又一茬。

水仙的鳞茎生得很像大蒜，所以古称雅蒜。不过，此"蒜"可真不是蒜，有毒，切不可食。自叶尖从"蒜头"中突破重围开始，感觉每天都能看到叶子在向上生长。十几天的工夫，扁长的叶片就齐刷刷地长成了盆中的丛林。之后，花茎从叶丛中抽出，顶着一个个略有些透明的绿色帐篷，里面住着几个花仙子，有时三个，有时四五个。没几天，小仙子们就一个接一个地撩开帐幔，伸出一个个更加纤细的小花茎。悬在小花茎顶端的花朵怯生生的，花瓣先是紧紧地相拥在一起，之后微微地张开一点点缝隙，偷偷地看一看身边的世界，才慢慢地一点点打开自己，让人若隐若现地看到它的芯。直到六片白色的花瓣围着金杯状的花蕊完全舒展开来，这时就自然而然地让人想起它的另一个名字——金盏银台，果然就是"花之状也"。

在古希腊神话中，水仙是这样的来历：纳喀索斯是河神和仙女的儿子，美貌出众。向他求爱的女神很多，但他都拒绝了。于是，神女们为了报复，便祈祷他爱上一个人，却永远也得不到她的爱。命运女神答应了她们，让纳喀索斯在水中看到自己的影子，却不知那就是他自己。他爱上了水中的倒影。望着自己的影子，不吃不喝，过了一天又一天，直至倒地身亡，化作发散着淡淡幽香的水仙花。后来心理学家便把自爱成疾的这种病症，称为"自恋症"或"水仙花症"。在希腊，水仙花就叫纳喀索斯。

水仙"其花莹韵，其香清幽"，的确有值得自恋的形与神，但我却从不曾觉得它会自恋——它的要求少得可怜，只要浅浅一钵清水，这个遇水成仙的小仙子，便已生机盎然。不自恋的它倒是招惹得历代文人墨客为它写下不少佳句："岁华摇落物萧然，一种清芬绝可怜""得水能仙天与奇，寒香寂寞动冰肌""得水成仙最风味，与梅为弟各芬香"……句句都在写水仙的风与味、雅与清。难怪中国人把水仙、兰花、菊花、菖蒲列为花中"四雅"；又把水仙与梅花、茶花、迎春花并列为雪中"四友"。

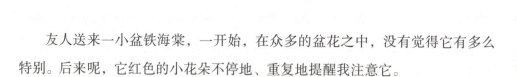

铁海棠：刺是锋芒，花是温婉

友人送来一小盆铁海棠，一开始，在众多的盆花之中，没有觉得它有多么特别。后来呢，它红色的小花朵不停地、重复地提醒我注意它。

它到我办公室之后一年多的时间里，竟然没有停止过开花。茎的每一个分枝顶端，几乎都会抽出一个或两个长长的花柄，柄顶是朵小红花。花朵小小的，花瓣对错着。

铁海棠开花非常有趣：花中可连续开花，看上去就是一两朵花从下面的花芯中穿越而过，几个花朵的叠加，就形成一种很神奇的状态——花中之花。怪

不得形容一个人喜悦时，可以说高兴得心里开出花儿来。

铁海棠还有一个让我喜欢的理由：即便花朵干枯，如果不去碰，它自己不会落下来，颜色也一直保持着很鲜艳的状态。

据说，铁海棠的花期，一般三到四个月，最长可达六个月。我这一小盆终年开花不绝，经久不谢，可能是因为办公室朝阳和光照温度都很适宜吧。

感觉疲惫，从电脑前站起来放松时，常常情不自禁地观察铁海棠。

清晰地看到花时，常常模糊了它茎上的刺。

清晰地看到刺时，又常常模糊了它顶端的花。

尤其是拿起手机对着铁海棠拍照时，更是这种感觉。

它的花有着海棠的娇柔和明媚，它的茎又有着铁的冷硬和刺的固执。

它还叫虎刺梅，既有虎虎的刺，还有美美的梅。

它就这样将温柔与倔强、儒雅与刚烈、娇媚与决绝自自然然地融为一体。

看它时，可以因为一根刺而忽略它的全部花朵——就像可以因为一件可以抱怨的事而对整个生活不满，也可以因为它的花而忽略它的刺。而其实呢，眼前的美好在，刺也实实地在。

既然喜欢它的花儿，那就接受它的刺吧。当然，为花所动，还要不为刺所伤。

许多开出美丽花儿的植物都有毒或者有刺，它们应该无意去伤害谁，只是自我保护吧！

铁海棠，透过名中坚硬的"铁"，还是可以看到它心花怒放的柔软；掠过枝上的刺，还是可以看到它骨子里的温婉。

佛座草：亮丽的佛系小草

紫红色的花儿很小，却很亮，很抢眼，星星点点地散落在随处丛生的绿叶间。它喜欢和婆婆纳、繁缕等小草做朋友，常常在早春季节扎堆长在一起，红、蓝、白几种小野花相互映衬。

今年小寒之前，我发现这亮丽的小野花成片成片地开在单位附近的一片空地上，在寒冷中，开出一种温暖。花儿开得那么多、那么密、那么不管不顾，那种对大地的热爱，仿佛在无限地延伸、扩展，直到让人心疼——它不知道吗，霜雪就在前方潜伏着，没有谁躲得过？

喜欢在午后的阳光下走走，更喜欢一次又一次俯下身去，拍这小小的花儿，却也一次次地拍得模糊了它真实的样子。花儿实在是小，它又实在调皮，风来时，总是晃动着小脑袋捉迷藏似的让我看不清它的靓丽容颜。

捉迷藏玩得次数多了，总会有被捉住的时候。风会来，自然也会去。总会有一些时候，它与我都静下来，默默相望。时间，让我慢慢地、一点一点地真正地看清它：挺直的茎穿过圆形的叶子，茎顶和叶腋有一朵朵花冒出来。一开始，是一个个的小红点，之后，毛茸茸的花朵伸展出来，像一只只紫红色的小兔子的耳朵，张扬着一种简单明亮的欢快，像张开臂膀欢呼着去拥抱春天——可是现在，明明是冬天。但不管怎样，小花都"知其无可奈何而安之若命"，依然调皮地在草丛里眨着眼睛，也像夜空里一闪一闪的小星星。让人看着它，就心生欢喜。

开着这么讨喜的小花的小草，名叫宝盖草，又名佛座草、莲台夏枯草等等。

宝盖草对生的叶子形成一个圆，紧紧地抱着它的茎，一阶阶向上生长；边缘有着浅浅锯齿的叶子好似佛祖的莲花宝座，别名佛座草、莲台夏枯草，是很形象的。通俗点儿说，叶子长得像圆形的锅盖。虽然加上一个"宝"字，它也

就是一株野草。不过，它可以吃，还具有很多药用功效。这样又好看、又好用的小草，当然是值得宝贝的。

还有人说，宝盖草叶子的形状神似古代帝王车驾旁随从撑起的华盖，因而得名。华盖，一般指帝王车驾上的伞形顶盖，有时也泛指高贵者所乘之车，是一种身份和地位的象征。这些石阶下、道路旁的野草，是那么地不起眼，常常被视若不见，或是熟视无睹，却又与这样的大繁华、大荣宠联系在一起，想来也很有意思。反过来想，哪一种繁华不是与平凡、平淡形影相随？

我还是特别喜欢叫它佛座草，当然不只是因为这个名字与它"形似"，更觉这个"佛"字在骨子里与它有一种"神似"。这个名字让我想到一个网络流行词"佛系"，就是指一种无欲无求、不悲不喜、云淡风轻而追求内心平和的生活态度。这开在冬季里的佛座草，一定明白，生与死就像白天与黑夜的交替，该来总会来，该去的总会去。

腊八这一天，天空一直灰蒙蒙的，直到午后，还是感觉有些冷寂和阴沉。突然很想念那一片几天没见的佛座草。那片亮丽的小花，还会等在寒风里吗？想念的花草，自然就要去看看。那片零零星星的紫红，在旁边枯黄落叶的映衬下，愈发显得明亮而温暖。走近，发现经过风霜的叶片开始变色：很多叶片边缘开始发红、发黄，围绕着中间的绿色；有些叶子，已经整片枯萎发黄，叶腋间的小花却还神采奕奕；却也有些叶片依然青翠，那一个个还未伸展开的小红点特别动人——春天应该已经在这些小花苞里了。

坐着轮椅去看花

自从膝部受伤，每天"微信运动"的步数都为"0"时，感觉到时间慢了，空间小了。

在病房狭小的空间里，安置着四个病号，当然每个病号都会至少有一个陪护，还有时常来探望的亲友。吃喝拉撒都在这样一个房间里，病人的心情已是五味杂陈了，可还是赶不上病房里味道的丰富——这里真可谓要什么味道有什么味道。

住院第三天晚上，爱人借了病友的一个轮椅，对我说：出去透口气吧。

刚刚走出病房大楼，清凉的晚风裹挟着清新的空气迎面扑来，突然觉得，人可以要的何其少——能走出病房，呼吸一口新鲜空气，已经愉悦无比。此时，看着每一个可以自由行走的人，都觉得他们是幸福的，只是他们自己都未必意识到我眼中属于他们的幸福。

爱人知道我天性喜欢自然、喜欢花草，推着我走到病房楼后的一个小花园。清夜的清风里，灯影映着花影。最最打动我的，是一树盛开的辛夷花。爱人很贴心地把轮椅停在花树下，任我仰望着发呆。在新生绿叶的映衬下，一朵朵硕大的紫色花儿更加夺目，像是沉重的叹息，也像明亮的惊喜。病房大楼的灯光穿透了它的叶片和花瓣，让人感觉这不只是一棵会开花的树，还是一棵会发光的树。我用手机拍下这棵不寻常的花树，把它拍得和二十来层的大楼等高。

离辛夷花不远，几棵晚樱开得正灿，只远远地看着，心情已如樱花般灿烂。因为医生还不让多动，待了十来分钟就回，心里已是无限满足。

接下来的两天，有风，有雨，只能一直待在房间里。看到李清照的小词："病起萧萧两鬓华，卧看残月上窗纱。豆蔻连梢煎熟水，莫分茶。枕上诗书闲处好，门前风景雨来佳。终日向人多酝藉，木犀花。"看得出，是在写她病后的生活情状：长期卧床，夜里只能静卧看月。靠在枕上读书很是闲适，门前的景色在雨中更是别有一番情味。整日陪伴着她的，只有深沉含蓄的木犀花。

以我此时的情境来看，感觉李清照比我幸运：她起码还能有独处的空间，还能看到月上窗纱、雨中风景，还能闻到木犀花——也就是桂花的香气。我在高高的十六楼上，在热闹到喧嚣的病房里，在远离窗子的病床上，且不说属于肉身的痛，仅仅是闻惯了自然味道、花朵香气的灵敏嗅觉，都不得不习惯于自我麻木。但我又是幸运的，我在她的词句里不只看到了雨中景，还闻到了桂花香。

不管哪种情境下，应该是这样吧：心里有花，何处都有花，何时都有花。

风雨过后，爱人还是会推着轮椅带我去病房大楼的楼前楼后看花。他会把我放在楼前一棵挂满白色花苞的山楂树旁，任我静看两只小鸟儿在枝间欢悦；他会在我对着楼后一棵小檗的迷人黄花拿起手机时，悄悄地转动轮椅，给我一个最佳的拍摄角度；他会推着我走向一棵被青藤爬满枝干，挂满淡紫色花朵的桐树；他会不发一言地在路旁花坛里开着小小花朵的蒲公英或是酢浆草旁停下来……看到了晚樱的盛开，也看到了它的衰败。看到了满树辛夷花，也看到了叶多花少。短短几天，已看尽生命的盛衰更迭。

我应该是幸运的。他懂我，懂得一个喜欢独立行走的人，非得别人照顾才能生存，一个喜欢自然的人，非得在这一个装满熙熙攘攘的小空间里生活，这种闷，需要纾解。

在这样的境况下，大都会郁结着一些难以排解的情绪吧，因为情绪是不讲道理的。因此特别羡慕可以任意地挥发着自己情绪的病友。同病房有一位大我四岁的女子，和我一样的膝部伤，她想哭就哭，想笑就笑，想生气就生气。她说手术后哭了一天多，谁打电话都说不出话，就是觉得委屈，一个劲儿地哭。哭够了，就好了。我特别喜欢她的率真，羡慕她的我行我素，却又做不到。也许，我是被太多所谓的道理洗脑了。

似乎什么道理都懂，也可以做到在亲朋面前谈笑风生，让每一个陪伴我的人都感觉轻松，可我终究也是会有情绪的。这不是道理和思考能解决的，也不是乐观一个词可以替代的。好在，我也有自己的排解方式，还能拥有让自己轻

坐着轮椅去看花

167

松的原动力——在自然花草中、在独立空间中去获取。也是在此时，既能感受到温暖美好，又可以找到自己。

　　想着我还有一段漫长的时间行动不便，爱人推了一辆崭新的轮椅回到病房，和我调侃：你的专车买回来了，绿色环保无污染，也不用挂牌。病友们都笑起来。有一位戏称，可以挂牌"爱妻号"。看样子，人在哪种情境下都是可以欢笑的，只要有欢笑的能力。于是，我在一片欢快友好的笑声中坐上将伴随我几个月的"专车"出门了。这一次，爱人推着我走得稍稍远了点儿。看到七一路两旁的楸树高擎着满树的花朵，开得张扬而肆意，我觉得自己幸福如花开。

我的家在周口

在很长的一段时间里，我都觉得自己是没有故乡的人。

我的童年和少年时期是在东北的一个小城度过的。我对白山黑水很有感情，那里却不是故乡。我上初中二年级下半学期时，随父母一起回到了他们心中的故乡，也是我的出生地——河南周口。

三十多年前的周口，于我而言，是疏离的。对"周口"这两个字，我像很多外地人一样，更多的熟悉反而是来自历史课本上讲的"周口店北京猿人遗址"。这个叫周口的城市，那时还是周口地区，虽是故乡，我却有初来乍到的陌生。

在我上初三时，遇到一个同学，他和我一样，也是因为父亲从部队转业，从另外一个城市回到周口。他生在北京，长在北京，从大城市回到小城，自是有更多的不适应。因为座位相邻，我们之间说话自然多一些，记忆最深的话题就是对这座城市的感受。我说："真想不到，这里只有一个商场。"他说："一个公园一只猴，那么小，是公园吗？"我说："这里大街上怎么这么多卖甘蔗的？"他说："还可以满大街地随意扔甘蔗皮。"我说："坐火车还得在漯河转车。"他说："公共汽车也没有"……说起来到周口的历程，他笑起来："我不想回来，这里没有博物馆，没有故宫，我爸为了骗我回来，说这里有个凤凰台，和故宫的建筑风格是一样的。我回来一看，就是一个小市场。"我也不禁微笑，这个凤凰台市场在当时还算得上是周口的标志性建筑，入口处是一座两层高的门楼，采用了仿古式建筑风格。

说来有意思，我上大学时，这个爱和我说话的男同学又去了他心爱的北京当兵。可能因为我们相遇的交集点是周口吧，在通信中，我们话题的交集点还是周口，只不过已经开始融入了对周口更多的了解。我会和他说起自己读到《诗经·陈风》里"彼泽之陂，有蒲与荷""子之汤兮，宛丘之上兮"，读到孔子陈蔡绝粮弦歌不辍，终于知道古地名"宛丘""陈国"就是周口的淮阳，"弦歌台"是对孔子三次来陈讲学的纪念。当书中的地名与自己的故乡联结在一起，突然觉得这个被湖水环抱的地方那么有文化。他会和我说假期回到周口，和朋友一起到"彼泽之陂"，感觉湖中的荷花有了不一样的美，还吃到了一道特色菜：传说中孔子吃过的蒲根——后来被称作"圣人菜"。

陈风拂过湖水，也拂过出现在夜空的月儿。明净的月光下，更多出几分想念和守望。后来，无数次一起举头望月的我们俩成了一家人，我们的小家就安置在让我们相遇的周口，也是我们的父辈心心念念要叶落归根的故乡。那时，他不仅仅是因为作为家中的独子而选择留在父母身旁，也因为他与我很多的共同记忆都在周口，更因为我们的情感和生活已经在这片土地上开始扎根。再后来，我们的女儿出生在周口，成长在周口，大学毕业又回到周口。毫无疑问，在女儿的心里，周口就是她最最熟悉的故乡。

周口也早就变了样子，尤其是这几年，说日新月异一点也不夸张。就在我们居住的老城区周围，自己那么熟悉的地方，还是可以看到不断变换的风景：今天路边又多了一个小游园、微景观，明天那里又多了一个书吧、市民驿站。周口变得越来越美，越来越有城市范儿，这是最直观的感受。推开窗子就是满眼绿色，出门就是街角游园，越来越多的花草树木围绕在我的身边，这对喜欢植物的我而言，真的多出许多幸福感。晚上我俩在街边散步，我会时不时地停下来，将手机的镜头对着新发现的一棵正在开花的树，或是一片正在盛开的小花。入眼入心的每一棵树、每一朵花，可以歇脚的每一个小亭、每一张座椅，这些细微汇聚成的巨大变化总能不断地带给我惊喜，真是养眼又养心。

有一天散步时，我和爱人边走边聊。想起多年前刚到周口时的话题，我感慨，现在周口真干净。他感叹，是啊，这些年周口的变化真大。我说，现在周口有高速、高铁加航运，还有在建的机场，到哪儿都方便了。他说，不只有高楼、商场，还有24小时开放的智慧图书馆，周口更有文化气息了。我说，我最高兴的是公园多起来了，还有植物园、动物园、绿色基地，每个季节都有可看的花……我们俩一起，见证了、也见证着周口的精彩蝶变。

现在，我们在新区买了新房，就在周口的母亲河——沙颍河畔。如今的沙颍河两岸变成了景观带，在我心里，莫若说是变成了大花园。这里有大片大片金黄耀眼的金鸡菊，紫云浸染的马鞭草，粉嫩可人的粉黛乱子草，明亮忘忧的萱草花，五彩斑斓的波斯菊……不用出周口，甚至不用走远，就可以看到许多自己想看的花儿。小区里也种满了各种花草树木——这样的环境，就像住在花园里；走出小花园，还是大花园。

新居离周口市博物馆不远，我们可以时常去感受一下文物里的周口。我最喜欢站在其中一展厅一巨幅老子画像前，看他在一团紫气中骑着青牛款款而来，苍髯飘飘，衣衫飘飘。我对他的亲切感，来源于父亲书架上各种版本的《道德经》。从十几岁开始，我也自然而然地翻开了一个无限广阔的精神世界。这位诞生在周口鹿邑太清宫的先哲，赋予了周口大地更丰富的文化底蕴，也让更多的周口人去热爱他的著作。还记得我女儿收到大学录取通知书的信封里，同时装着学校留的作业：要求学生阅读经典、品味经典，还列了几个备选书目。我知道她一定会选《道德经》，结果也的确如此。毕竟，她的血脉中流淌着一种文化传承，这种传承在无形之中替她做出了选择。老子让我们知道自己从何而来，向何而去，也让我找到了自己的精神故乡。

找到精神故乡的我，也终于在心灵深处找到并认定了自己的故乡——这个叫周口的城市，终于在我心里变得熟悉而亲切、认同而热爱。我，我们，我们的孩子，都在这个城市里扎下根来，深深地。

幸福树下

　　家里有两棵高大的幸福树，长在落地窗前花盆里。枝上不断冒出新芽，变成嫩绿的、细碎的小叶，再慢慢地变成油光发亮的翠绿叶片。我特别喜欢坐在树下，静静地喝着茶，静静地看幸福树新生的叶子在阳光下闪闪发光。

　　偶尔会有一两只小鸟在窄窄的窗台边沿悠闲地漫步，牵扯着我的目光移向窗外。在这个被桂花染香的季节里，透过四楼的窗子看出去，小区里是高高低低、深深浅浅的绿。仔细看，可以分辨出有四季常青的女贞、石楠、广玉兰、南天竹、夹竹桃……我很偏爱楼下的那架紫藤——仅仅是藤蔓的自由伸展，那种新生的柔软，那种随心的从容，就让我怦然心动。想到春天来临时紫藤花开串串、紫气缭绕，很自然地就想到春天里一树又一树的花开。

　　再向远处看，在楼群的间隙，可以隐约看到周口的母亲河——沙颍河。河畔是我特别喜欢的一个所在，那里已经变成了景观带，每个季节都有树在绿、花在开。坐在幸福树下遥望，会遥想此时此刻的岸边，哪儿有成排成行的紫薇花开满树，哪儿有聚集成片的栾树花正灿、果正艳，哪儿有大片的向日葵依然绚烂，哪儿有不同色彩的石蒜竞相绽放……

　　我对花草树木的喜爱，好像是与生俱来的。这几年，微信朋友圈里几乎就是花草树木的世界，就是心灵的后花园。累了，就在花园里走走，与一朵相识或不相识的花儿、与一棵沉默或张扬的草儿说说话。有朋友看我发的花草，羡慕我有闲可以各处出行。其实，那些花草大多是在以家、以单位为圆心的两点一线之间看到的。工作累了，午间休息，晚间散步，走到单位院子里或者附近路旁转上一圈，随手拍上几朵小花、几株小草。这几年，周口街头的小游园多了起来，路旁花草树木的数量和品种也都多了起来，每一个季节都会展现出不同的形态，或是冒出不同的花草。上下班路上，只要脚步放缓，就会看到一个草木世界。行走在草木的世界里，花草是安静的；和花草在一起时，感受

"天地有大美而不言"，心也是安静的：可以静静地去倾听花的绽放、草的低语、叶的吟唱，静静地去感受来自草木世界四季变换的美和身边无处不在的生长……在草木的世界里，可以暂时放空自己，消解现实世界里的忙碌和疲惫。

因为喜欢花草，和朋友们也多了一个话题。有一回一个朋友在海南给我发了几张醉蝶花的图片，问见过没有。我回："家属院门口马路边的花坛里就有一小片，大概两年前种的。"还有一次，一个在外旅游的朋友把锦带花图片发给我，我回复："咱们的滨河公园和铁路公园里也有，大片大片的。"这几年，因为各种各样的原因，我很少走出周口，更没出过河南省，但我看到、拍下的花花草草，真是不少。以前从网上看到哪一个城市的哪一种花或树还很向往，现在不出周口就可以遇到许多原来不曾见过的花木了，像醉蝶花、山桃草之类原来在城市绿化中不常见的花草，现在在街头也很常见了。对我而言，因为与这些花花草草的不期而遇，多出了许多的幸福感。

前几天的一个晚上，和爱人在小区里散步，行走在无处不在的桂花香里，感觉衣襟和心情都沾满香气。我说："虽然这个季节花不多，可桂花香让秋天变得有灵魂了。"爱人说："虽然现在花不多，果多呀。你看，有枣、桃、柿子、山楂、石榴……啥都有。"我感叹："是啊，院子里有这么多花草树木，后面还有植物园，我真是越来越喜欢这里了！"爱人也很感慨："七八年前这里还是野地啊！谁能想到，现在前面、后面都变成花园了，原来的臭水沟也变成公园里的小桥流水景观了！前几天我还看见几个孩子在捉蜻蜓呢。前些年在市区哪见过这呀！"我笑："是啊，还是现在环境好了。你看，外面大花园，里面小花园，我不管它本来叫什么名字，在我心里，这儿就叫'花园里'！"

继续漫步在"花园里"，走到单元楼下，抬头看楼上的家，在太阳能灯五彩的光影里，可以看到幸福树影影绰绰的轮廓。我开始了自己的畅想："等到春天，坐在幸福树下，喝着茶，看着楼下花架上爬满紫藤花，肯定特别美。"爱人也很凑趣："还会有几只小鸟，在花间飞来飞去。""是啊，是啊，楼下就有樱花、榆叶梅、紫叶李，一开都是满树的花，再飞过几只小鸟，想想就美。"

回到家，坐在幸福树下，看幸福树无忧无虑地随性舒展，只是静静地看着，就很幸福。

后 记

一

写这些花草时，我一直称这些文字为"花言草语"，也想过如果结集就以此为书名。但真的决定出书时，突然想改为《与草木谈心》。因为我在重新审视这些文稿时，看到了春霞为我写的序《与草木谈心的人》，恍然有悟：我们一起看花，她看我，比我看自己更明白。在我的这些文字里，有花的影子，有草的影子，有我的影子，也一直都有她的影子。就像我在前面自序里说，"她是花的知己，我也是花的知己，我俩又互为知己。"

当我冒出把这些花草结集成书的念头时，就想，一定要请她作序，才不辜负我们一起欣赏过的花草树木，才不辜负我们一起走过的看花见草的日子。我把念头说给她听时，还只是一个念头，至于何时出书，也没想过，一任自然而然。记得有一天，我把写木瓜的文字给她看，她同时发给我一文。我文中有她，她文中有我，我在写她，她在写我。我最喜她说我"与草木谈心"，她最喜我文末"相视一笑，莫逆于心"，真真是"气味相投才喜欢"。有意思的是，在我把文字发给她看之前，我并不知她同时在写此文，她亦不知我文中有她。看后，彼此都有"投我以木瓜"的惊喜，所谓知己，莫过于此吧！

翻了翻微信聊天记录，发现春霞把《与草木谈心的人》发给我时，是2020年11月，还记得当时我的惊讶："天哪，还没影的事呢！你这是督促着我出书啊！"她只是淡淡的一句："正好这两天静下来写的，出书的事你自己看时机。"记得我看过文章之后给她发信息："就想说三个字：你懂我。"她回："完全是心里的感觉。"我说："谢谢你，在我的书还没有影的时候，也可能一辈子都不出的时候，你就为我写好了序。"这个"谢谢"，是当面说不出来也不需要说出来的话，因为在彼此的眼睛里可以看到"懂"。

春霞眼中和笔下的我，是我愿意接受的真实的我。我们一起去看花时，很多时候都会心有灵犀地说出相似的感觉，会心意相通地说出同样的观感。看花且如此，看人更如是。春霞的文字在我这儿放了这么久，她一次都没有问过我到底用不用、发不发。这也是她的天性，凡事顺其自然。如今，这些文字终于要结集了，自然要把春霞写的文字放在前面。

二

说起我和春霞的缘分，归根结底也源于花草。我们同在新闻单位，彼此早已知道彼此，也因工作开会时远远地见过面，却因为性格都过于内敛，一直没有交集。很幸运的是，我们共同拥有珍爱的一个好朋友，因工作关系她俩见面很多，于是经常对我说起春霞工作如何认真，做事如何靠谱，以及她如何如何爱花，也经常在春霞面前说起我对花草的热爱。就这样，我和春霞在还没有开始真正意义上的交往时，就已经很熟识，很亲切。终于，不善交往甚至有些"社恐"的我竟然破天荒地主动跑到春霞的单位去找她——我很庆幸这次的主动，我俩单位只有一路之隔，中午又都因为家远不回去，从此便开启了我俩午间一起看花的美好时光。

春霞曾和我说："很多人问，知道和不知道那些花儿叫什么，有什么区别吗？"我说："当然有区别，就像认识一个相惜的朋友，会因尊重而记住对方的名字，成为了解的开始。这些草木朋友永远都静静地待在那里等着你。心累时，和它们在一起，特别轻松。"她回复一个默契的微笑。此时说起这些，竟有恍惚之感，倏忽之间，我们一起看花竟已有十余年。

春霞天性爱花，比我更懂花。也因为她，我结识了更多的花。翻开我的朋友圈，可以看到我俩在时光中留下的许多"脚印"。

在2016年的一天，我这样记录："有着绵密的心事，依然不失她的洁白。蕊，那么多的心累积在一起。这些密集的花朵，仿佛在书写这个字。惊诧于它的白、它的密时，却不知道它的名字。请教春霞，一个蕙质兰心的女子，她告诉我，这是麻叶绣线菊，又叫麻叶绣球，同时又加上一句：小小的白花，硬是能弄出很热闹的感觉。"

酷爱花草的春霞曾经微信发来一种蓝色的花朵，留言："很可爱的小花，有你的名字哦。"我惊喜："蓝雪花，别名：蓝花丹、蓝雪丹，竟然占尽了我的名字。"春霞说："本来就挺喜欢这个小花，因着这个名字更喜欢了。"不愧是爱花的知己，可以因为一个人，更爱一朵花。"蓝色和白色是我最喜欢的颜色，红色，也是雪中的'丹'。"我说。"真好，这些颜色这花儿名中都有。"春霞答。相信这世间的神奇，总有一种花和你的气质、喜好生来就相合——只是不知道你会不会于千千万万种花草之中遇到。很庆幸，我有这样一位同样热爱草木的知己，引领这次美丽的相遇。

有一年芍药花开时，我在党校学习。校园墙边有一大片芍药，我上午课后雨中去看，湿了鞋子，湿了头发。下午下课又去看，发现比起早上又多开了些。于是，一天之中两次拍下了芍药花。春霞留言："一天跟这花儿约会两次啊。"我回："深情吧？表面冷淡的人，内心往往蕴藏着极大的深情。"春霞感叹："当得一个'痴'字啊！"我喜欢这个"痴"字。我知道，春霞也喜欢张岱的"人无痴不可与交，以其无真气也"。

还有一次，我发了一个这样的朋友圈："梅花去了，'小桌呼朋三面坐，留将一面与梅花'的时光过去了。桃花来了，春天就这样不断地给人惊喜。惊喜不断的春天里，凭吊与伤感都是那么矫情和短暂。哪一种花开不令人心动？哪一次花落不使人黯然？只能轻轻地挥一挥衣袖，来也自然，去也自然。"春霞留言："怎样感性的女子，才有如此直抵人心的文字？"我回："不是一般的傻气吧。"春霞说："你我都清楚，这是因着灵魂的纯净与执着。"我感动于她的相知，我们是同样热爱自然的人，而自然最接近灵魂的本质、人的本心。我一直觉得，我们都是可以看到草木之心的人，用人类未被污染的初心。

三

重新翻看这些文字，发现把这些写花花草草的文字整理在一起，并且写好自序的时间，已是两年前。这两年的时间里，我经历了许多人生大事，当然有心累的时候。但只要有一点时间，我和春霞还会一起去看花，因为那是最好的放松。

"年年岁岁花相似，岁岁年年人不同"，不知不觉间，已知天命，到了这个年龄，许多事情更是喜欢顺势而为的自然而然。书出或不出，写过的花草都在那里，不想刻意为此汲汲营营。如今，各种机缘巧合，我也愿意让这些与花草的对话留下来，那就"该当如此"，那就结集出版吧——既是与同好朋友的一种交流，也是对自己人生之路的一种回望。

回望自己时，很多次揣摩"知天命"这几个字。对此，大多解释为"谋事在人、成事在天"的认命，付出努力但把结果交给"命运"。如果说这是"知命乐天"里的"命"，那"天"又是什么？是"天意"？是"天机"？"天意"好理解，那"天机"又是什么？有人说是"智慧"，在我心里更愿意理解成"天然"，理解成与自然相处、在大自然里找到快乐的能力——"乐天知命，故不忧"。

《庄子》有言："其嗜欲深者，其天机浅。"反过来说，嗜欲浅者天机深。我相信，一个有智慧的人，不会仅仅将物欲作为毕生追求，必定会重视自己的精神修为，让自己"表里俱澄澈"。一个内心澄明的人，一个"天机深"的人，会在适当的时候，让自己停下来，让心静下来，让心灵和外界达到和谐融通的状态，可以在春天看到柳树发芽，在冬天看到蜡梅开花。

也许是老庄读得早了些，欲念少了些，也许是天性如此。有亲友当面就说过我不够努力，该得到的一些东西没有去争取。当然知道他们是为我好，我却让他们失望了。在"知天命"之后回想，却也无悔。我在顺其自然，顺了自己的天然和天性，不违心去经营，不勉强去应酬，不为一些东西去付出时间甚至尊严，那也就应该自然而然地接受得到或失去。

好就好在，我按自己的想法去活，去爱，去写，没在滚滚红尘中把自己弄丢。"我"一直都在，在与喜欢的人一起做自己喜欢的事，读几本自己喜欢的书，在大自然里获得了那么多的平静与快乐，认识了那么多的草木朋友，值！人生哪有那么多的"既要……又要……"能择其一而乐，才是人生至乐。

四

　　这个集子绝大多数文章都是一篇写一种花草，这次重新审视，我又加上了获得第九届冰心散文奖的《坐着轮椅去看花》，还有在《人民日报》上发表过的《家在周口》《幸福树下》，虽然这几篇不只是在写花草，但也都写到花草，也是"与草木谈心"的又一种方式吧。

2024 年 6 月 16 日